Jim Thompson

Rückschlag

Roman

Übersetzt von Christoph Hahn

ein Ullstein Buch

DOC LUTHER

1

Leise probierte er die Tür zu Lilas Schlafzimmer und sah, daß sie verschlossen war; danach ging er in sein Zimmer, ließ die Tür offen, damit er jede Bewegung von ihr hören konnte, und öffnete seine Aktenmappe.

Er nahm die Versicherungspolicen aus der Aktenmappe, überflog sie beiläufig und steckte sie in die Innentasche seines Mantels. Morgen würden sie ins Schließfach kommen.

Er griff erneut in die Aktenmappe und zog weitere Papiere heraus. Er studierte sie, furchte die Stirn und empfand dieselbe Verwirrung wie bei den Versicherungspolicen. Mit einem irritierten Grunzen raffte er sie zu einer Art chronologischer Ordnung zusammen und begann zu lesen.

STAATLICHE VOLLZUGSANSTALT SANDSTONE

Luther Psychological Clinic
Capital & Lee Sts.
Capital City

Sehr geehrte Herren!
Dies ist eine ziemlich ungewöhnliche Bewerbung um eine Arbeitsstelle. Ich hoffe, Sie lesen sie zu Ende und schenken ihr die gebührende Aufmerksamkeit.
Ich bin dreiunddreißig Jahre alt, Highschool-Abgänger und verfüge aufgrund vielen Lesens und eifriger Studien über das zwei Collegejahren entsprechende Wissen. Ich wiege siebenundsiebzig Kilogramm und bin einen Meter einundachtzig groß. Trotz ernsthafter Hinderungsgründe habe ich mir meine gute körperliche Verfassung bewahrt. Ich bin nicht mit Ihrem Gewerbe vertraut und weiß nicht, welche Beschäftigung Sie für mich finden können. Aber mir wird jede Art Arbeit – sofern es innerhalb dieses Staa-

tes ist – zu jedwedem, Ihnen genehmen Lohn gelegen kommen.

Die vergangenen fünfzehn Jahre bin ich Insasse dieser Anstalt gewesen und verbüßte eine Freiheitsstrafe von zehn Jahren bis lebenslänglich wegen Bankraubs. Das mir zur Last gelegte Verbrechen sollte man nicht auf die leichte Schulter nehmen, und ich habe dies nicht getan. Doch ich kann, bei aller Bescheidenheit, keinen vernünftigen Grund darin sehen, daß man mich hier weiter in Haft hält.

Ich wurde vor ungefähr fünf Jahren für bewährungswürdig erklärt. Unglücklicherweise waren meine Eltern verstorben, und meine einzige weitere Verwandte, eine verheiratete Schwester, war und ist nicht in einer Position, um in meiner Angelegenheit zu handeln. Natürlich war ich zum Zeitpunkt meiner Verhaftung zu jung, um bereits über Berufsbeziehungen zu verfügen. Wie Sie zweifellos wissen, muß ein zur Bewährung anstehender Häftling einen Arbeitsplatz vorweisen, bevor er entlassen werden darf; er muß eine Möglichkeit nachweisen können, selbst für seinen Unterhalt zu sorgen. Ich möchte Sie bitten, mich dabei zu unterstützen.

Darf ich bitte auf eine Mitteilung von Ihnen hoffen? Wenn ich es recht überlege: Könnten Sie ganz einfach auf dem üblichen Amtsweg als eine an einem Häftling interessierte Partei beim Bewährungsausschuß etwas in meinem Fall unternehmen? Sie können alles, was Sie über mich wissen möchten, beim Ausschuß erfahren, und dies sollte alle Mißverständnisse aus dem Weg räumen, die durch mein Schreiben an Sie entstehen könnten.

Ihr ergebenster

Patrick M. Cosgrove (No. 11587)

Bibliothekar, Staatliche Vollzugsanstalt Sandstone

Sandstone ...

Luther dachte, er würde sich an die Verkommenheit gewöhnen. Doch Sandstone brachte ihn garantiert jedesmal in Rage. Es war kein Gefängnis. Es war ein Irrenhaus, in dem der Leiter, und nicht die Insassen, irr war. Es gab nur einen Weg, dort zu überleben: härter und geistig noch verdrehter als der Leiter zu werden. Wenn man das schaffte – wenn man den Mann mit den übernatürlich strahlenden Augen und dem unverhofften Lachen amüsierte –, überlebte man nicht nur, sondern tat das sogar vergleichsweise bequem.

Aber man durfte sich nie gehenlassen. Das Spiel mochte einen selbst ermüden, den Mann garantiert nie. Und wenn man ermüdete oder sorglos wurde . . .

STAATLICHE VOLLZUGSANSTALT SANDSTONE
Büro des Anstaltleiters

Dr. Roland Luther
Capital & Lee Sts
Capital City
Betr.: Pat »Airplane Red« Cosgrove

Lieber Doc!
War mächtig gut von Dir zu hören, und ich wollt' ich wär' auch da bei Dir in der Stadt. Ich sag immer du bist ein perfekter Gastgeber, und bei Dir ist es nie langweilig, und das war schon was wie ich und Du und die andern Jungs uns das letzte Mal getroffen haben. Na ja, ich war ziemlich sauer wie ich Deinen Brief gekriegt habe, und ich war drauf und dran reinzugehn und diesem Trottel eine Lektion zu verpassen, an die er noch denken wird. Aber andrerseits fragst Du dann, warum das so ist und daß ich mich raushalten soll und überhaupt mußte ich einfach lachen, als ich darüber nachdachte. Du kennst den Häuptling, meinen Sekretär. Nun weiß ich, daß der Häuptling den Brief an Dich und wahrscheinlich noch hundert andere für ihn rausgeschickt hat, aber versuch mal sie dazu zu bringen das zuzugeben. Ich wette, wir könnten sie beide aufhängen und sie würden nichts tun. Ich schätze Loyalität sehr und kümmere mich um Deine Angelegenheiten,und ich weiß, daß es Dir genauso geht. Also wirst Du die Dinge so regeln, wie Du willst, aber laß mich wissen wie, und ich werd mitspielen soweit ich kann. Ruf mich einfach an, wenn Du kommst. Ich schließe jetzt, weil ich diesen Brief selber schreibe und nicht dieser

Trottel von Häuptling, und wir werden den beiden eine höllische Überraschung bereiten.
Stets zu Diensten
Yancey Fish

P. S. Doc, Du weißt, daß es gegen die Anstaltsregeln verstößt, Whiskey ins Gefängnis mitzubringen, und wenn ich eine Kiste oder zwei bei Dir finde, werde ich sie konfiszieren müssen. Haha. Y. F.

Nun, Fish hatte sie nicht aufgehängt, aber er hatte ihnen alles mögliche angedroht, und obwohl jeder die Tiraden auf seine Art hatte über sich ergehen lassen, waren die Resultate identisch.

Der Häuptling, ein Vollblutindianer, der dreimal lebenslänglich verbüßte, hatte bloß unverschämt gegrinst und nichtssagende Antworten gegeben. Der rothaarige, blauäugige Cosgrove hatte weit ausgeholt und ellenlange Vorträge gehalten – sein Tonfall war höflich und leicht humorvoll, sein Satzbau korrekt, aber er hatte absolut nichts ausgesagt. Er wollte dem Häuptling, dem Mann, der ihm offensichtlich geholfen hatte, nicht in den Rücken fallen, und weder Versprechungen noch Drohungen konnten ihn dazu bewegen.

Er, Luther, war ein wenig beunruhigt über Cosgroves offenkundige Intelligenz. Aber dennoch – er entsprach den Anforderungen in allen anderen Belangen, und mit seiner Intelligenz würde er nichts anfangen können.

BÜRO DES GOUVERNEURS

An Yancey L. Fish
Anstaltsleiter, Staatliche Vollzugsanstalt Sandstone

MIT FREUNDLICHEN EMPFEHLUNGEN:
In Anbetracht der Tatsache, daß sich in Ihrer Obhut ein gewisser Patrick M. Cosgrove befindet, und
in Anbetracht der Tatsache, daß besagter Patrick M. Cosgrove fünfzehn Jahre einer auf unbestimmte Zeit festgesetzten Haftstraße verbüßt hat und er darüber hinaus bestimmte

Bedingungen erfüllt, die eine Aussetzung seiner Strafe zur Bewährung möglich machen, und
in Anbetracht der Tatsache, daß ein Roland T. Luther, Dr. med., ein Bürger mit gutem Leumund, zugesagt hat, besagten Patrick M. Cosgrove die beiden folgenden Jahre vom Zeitpunkt der Ausstellung dieses Dokuments an zu beschäftigen, und sich darüber hinaus dafür verbürgt, daß er Patrick M. Cosgrove in jeglicher Weise unterstützen wird, einen rechtschaffenen Lebenswandel zu führen.
wird hiermit verkündet, daß Patrick M. Cosgrove zur Bewährung in die Obhut von Roland T. Luther entlassen wird, und zwar für die Dauer von zwei Jahren oder bis/es sei denn, daß es notwendig werden sollte, besagten Cosgrove in seine derzeitige Haftanstalt zurückzuverweisen.
Es wird darüber hinaus verkündet, daß nach zufriedenstellendem Ablauf der oben erwähnten Bewährungsfrist besagtem Patrick M. Cosgrove die volle Staatsbürgerschaft und alle daraus entstehenden Rechte und Freiheiten wieder zuerkannt werden.

BEGLAUBIGT UND BESIEGELT

Louis Clements Clay
Gouverneur und Präsident (pro tem)
Bewährungsausschuß

So, da war es – Anfang und Ende von allem. Und nun, da er es Punkt für Punkt geprüft hatte, konnte er den Gedanken nicht loswerden, daß das Ganze sowohl dreist als auch gefährlich war. Wenn Hardesty nicht so sicher gewesen wäre, daß es klappen würde – aber Hardesty war sicher. Er hatte gesagt, daß unter den von ihnen geschaffenen Umständen die Versicherungen auf jeden Fall würden zahlen müssen, und zwar unverzüglich. Hardesty hatte alle rechtlichen Fragen gründlich überdacht, und bisher hatte er sich in juristischen Belangen noch nie geirrt.

Nun – Luther seufzte und begann sich auszuziehen –, jetzt war alles erledigt. Er wünschte, daß Cosgrove nicht so ein liebenswürdiger Mensch wäre, aber das war – Glück oder Unglück – notwendig. Es mußte einen Grund geben, ihn aus Sandstone herauszuholen.

Er war gerade dabei, einen Schuh auszuziehen, und zögerte, als er hörte, daß sich Lilas Tür öffnete. Sie blieb, ihren Pelzmantel über dem Arm, in der Halle stehen.

»Konntest du nicht schlafen, hm?« sagte er. »Tja, ich hoffe, du hast eine Verabredung. Es ist schon ein bißchen spät am Abend, um noch eine Bekanntschaft zu machen.«

Sie lächelte schwach, mit einem Ausdruck des Bedauerns. »Ich bin schließlich auch nur ein Mensch, Doc.«

»Interessant«, sagte er und ließ den Schuh zu Boden fallen. »Eine interessante, wiewohl anfechtbare Feststellung.«

»Du – du hast nichts dagegen, daß ich ausgehe?«

»Es kümmert mich nicht, was du tust.«

»Ich brauche etwas Geld, Doc.«

»Ich werde dir morgen früh welches geben.«

»Ich könnte einen Scheck mitnehmen . . .«

»Du«, sagte er, »du kannst genau das tun, was man dir sagt. Genau das. Verstehst du?«

»Ich verstehe«, sagte sie langsam. »Voll und ganz.«

COSGROVE

2

Es ist fünf Uhr am Morgen meines zweiten Tages hier, und ich liege seit eins wach.

Außer mir vor Freude? Schon möglich. Ich nehme an, daß ich hinter dieser ausgebleichten Maske, die mir als Gesicht dient, noch immer aufschreie vor Verwunderung und Freude. Aber der Genußfähigkeit eines Menschen sind durch den Schlaf Grenzen gesetzt.

Ich wollte, ich hätte auf dem Weg hierher nichts getrunken. Ich bin – fast – sicher, daß ich nichts Abwegiges gesagt oder getan habe. Aber dennoch – ganz sicher kann ich natürlich nicht sein.

Ich hatte zustimmend genickt, als er mir erklärte, daß er niemals trinke, wenn er fahre, und ich dankte ihm dafür, daß er Verständnis zeige, für mein Bedürfnis »zu vergessen«. Ich trank zwanglos, und als die Halbliterflasche zu etwa einem Drittel leer war, begannen die Fragen.

Warum ich ausgerechnet ihm geschrieben hatte? Das war einfach. Die einzigen Zeitschriften, die wir im Gefängnis bekamen, waren Protzbroschüren, Publikationen mit »kontrollierter Verteilung«, herausgegeben zu dem Zweck, Geld herauszuquetschen aus Einzelpersonen oder Firmen, die mit den Politikern an der Macht Geschäfte machten oder dies vorhatten. Ich hatte seine Adresse aus einer Annonce in einer dieser Zeitschriften. Ich hatte die Adressen all der anderen, an die ich mich gewandt hatte, genauso herausbekommen.

Ob ich verstand, warum er mich diesem ganzen Ärger mit Direktor Fish ausgesetzt hatte? Ich war nicht bereit, seine Handlungen in Frage zu stellen, sagte ich (und ich war dabei sogar ziemlich aufrichtig), aber ich glaubte zu verstehen. Er forderte von seinen Mitarbeitern absolute Loyalität. Er hatte keine Verwendung für jemanden, der Zweckmäßigkeit über Loyalität stellen würde.

Ob ich nahe Verwandte oder Freunde hätte? Nein. Ich hatte eine verheiratete Schwester, die mir zu Weihnachten immer eine Karte schickte. Auf ihren eigenen Wunsch hin schrieb ich nie zurück. Unsere einzige Verbindung bestand in dem Zufall unserer Geburt.

Was ich gelesen hatte? Alles in der Gefängnisbücherei, wo anscheinend seit 1920 kein neues Buch mehr angeschafft worden war. Alles von Shakespeare, Dickens, Swift, Twain, Addison und Steele, Rabelais, Schopenhauer, Marx, Scott, Jules Verne, Wilde, Cervantes, Machiavelli, die Rover-Boy-Reihe, Lewis Carroll, die Bibel, das ...

Während ich sprach, stellte ich das Ausstellfenster auf meiner Seite so ein, daß Dr. Luther sich in seinem Nickelrahmen spiegelte. Er schien ganz erfreut über meine Antworten, obwohl er – bedingt durch einen leichten Überbiß – auch dann zu lächeln scheint, wenn seine Gesichtszüge lediglich entspannt sind.

Ich würde ihn auf ungefähr fünfzig schätzen, aber es ist schwer genau zu sagen. Sein Haar ist dünn und sandfarben. Gemessen an seiner Größe – er ist etwas kleiner als ich –, hat er ziemliches Übergewicht. Seine Augen quellen hinter dicken Brillengläsern hervor, und seine leise Stimme schlägt manchmal abrupt um von formaler Korrektheit in Slang und Vulgarität – man hat einen Mann vor sich, den man, ebenso wie sein Alter, besser nicht vorschnell einschätzt.

Ich redete weiter und beobachtete ihn, während die Meilen vorbeiflogen, und ich wußte, daß meine Worte verschwammen. Ich wußte es, und dann wußte ich es wieder nicht ...

Als ich Stunden später aufwachte, waren wir nur noch zehn Meilen von der Stadt entfernt, und der Wagen bog zu einer Raststätte am Ufer eines großen Sees ein.

Es war offensichtlich einmal ein ziemlich eleganter Laden gewesen, aber das war nun schon eine ganze Weile her. Jetzt war er heruntergekommen. Wir waren die einzigen Gäste, und als ich aus dem Fenster schaute, konnte ich auch sehen, warum. Was ich für einen See gehalten hatte, war in Wirklichkeit ein Fluß – eine weite, träge fließende Fläche aus öligem Schlamm und Matsch und Wasser; die Abwässer aus dem Ölfeld der Stadt. Trotz der fest geschlossenen Fenster und der Klimaanlage roch es schwach, aber unangenehm nach Schwefel.

»Ein kleines Geschenk der Ölgesellschaften«, sagte er mit einem unvermittelt sauren Lachen. »Sie haben eine Millarde Dollar aus diesem Feld herausgeholt, und es wird Tag für Tag mehr. Aber sie können es sich nicht leisten, ihren Schlamm abzufahren.«

Ich sagte nichts, und er lachte wieder in der gleichen Weise und starrte auf sein Essen, das er kaum angerührt hatte.

»Ich sollte reden«, sagte er harsch. »Pat, ich lege meine Karten auf den Tisch. Geradeheraus. Was ich Ihnen jetzt erzähle, werden Sie sowieso in den nächsten vierundzwanzig Stunden rausfinden.«

»Jawohl, Sir.«

»Nennen Sie mich Doc. Das tut jeder.«
»In Ordnung, Doc.«
»Ich bin graduierter Psychologe, aber ich habe seit Jahren nicht praktiziert. Ich kann Ihnen keinen Job in meiner Klinik geben, weil ich keine habe. Das Ganze ist nur ein Aushängeschild für meine Einflußnahme auf die Behörden. Schiebung, um es klar auszudrücken.«
Ich schaute ihn fest und unverwandt an. »Sie haben mich aus Sandstone rausgeholt, Doc«, sagte ich. »Das ist alles, was ich über Sie zu wissen brauche.«
»Gut – ich muß mich natürlich auch für nichts entschuldigen. Zur Hölle – man nennt diesen Staat nicht umsonst das Herz des Balkans von Amerika. Wenn es darum geht, zu fressen oder gefressen zu werden, was wird ein vernünftiger Mann tun?«
»Fressen«, sagte ich.
Er lachte glucksend in sich hinein und täuschte eine Gerade auf mein Kinn an. »Jawohl, Pat. Was mir also für Sie vorschwebt, ist eine Arbeit bei der Regierung – etwas, das keine Vorbildung verlangt. Wie würde Ihnen das passen?«
»Alles, was Sie tun, paßt mir ausgezeichnet«, sagte ich. »Aber –«
»Ja?«
»Wie kann ich Ihnen von Nutzen sein, wenn ich nicht für Sie arbeite?«
»Warum sollten Sie mir irgendwie von Nutzen sein?« Seine Stimme hatte einen ungehaltenen, knurrenden Unterton. »Ist es nicht denkbar, daß meine Motive dafür, Ihnen zu helfen, uneigennützig sind? Daß ich Ihnen einfach eine Chance gebe, die Ihnen sonst niemand gibt?«
»Ich wollte Sie nicht beleidigen«, sagte ich. »Ich habe lediglich gehofft, etwas tun zu können als Gegenleistung für das, was Sie für mich getan haben.«
»Nun gut, lassen wir das«, sagte er. »Vielleicht machen wir besser, daß wir hier rauskommen. Es ist später als ich dachte.«
Er fuhr langsam und schaute auf den windenden Schlammfluß, der sich, abgesehen von seinem Geruch, nach und nach in der Dunkelheit verlor.

3

Wir kamen durch das Industriegebiet und einige Wohnsiedlungen, bevor wir die Hauptstadt des Staates erreichten. Wie Sie vielleicht wissen, erstreckt sie sich über eine Quadratmeile in die Vororte hinaus und umfaßt das gesamte ebene Land in dieser Gegend.

Doc nahm eine Straße nach Süden, die einen Canyon hinaufführte, und bog nach ungefähr einer Meile bei einem Haus ein, das mit der Rückseite in einem Einschnitt des Abhangs stand.

Es war ein ziemlich altmodisches, zweigeschossiges Haus mit quadratischem Grundriß, über dessen Vorderseite sich eine lange Veranda erstreckte. Mit Ausnahme der efeuüberwucherten Spaliere, die praktisch die Fenster verdeckten, wirkte es in dieser Umgebung recht deplaziert.

Doc fuhr den Wagen die Einfahrt hinunter und parkte auf dem einzigen freien Stellplatz einer Vierergarage. Außer unserem standen da noch ein Coupé, ein Sportcabrio und eine andere Limousine. Wir gingen die Auffahrt zurück zur Vordertür.

Sie stand offen, und die Lichter waren an. Ein Foyer mit Zimmern auf jeder Seite erstreckte sich bis zur Rückseite des Hauses. Als ich die Treppe hochblickte, sah ich, daß das Obergeschoß genauso angeordnet war.

Doc bedeutete mir, ihm die Treppe hoch zu folgen.

Oben angelangt, hielten wir vor der ersten Tür rechts. Doc hob seine Hand.

Leise drang Musik zu uns heraus, und ich hörte eine ruhige, belegte Männerstimme und das unbeschwerte Lachen einer Frau.

Doc klopfte sacht an die Tür. Das Sprechen und das Lachen verstummten. Dann raschelte es, und eine Tür fiel ins Schloß.

»Wer ist da?«

»Doc.«

»Oh.« Die belegte Stimme hatte einen Unterton von Verärgerung.

Ein Schlüssel drehte sich im Schloß, und die Tür wurde aufgestoßen. Der Mann war ungefähr fünfzig, klein und ziemlich fett – vom Erscheinungsbild her Doc nicht unähnlich. Seine Haare waren zerzaust, sein Gesicht war vom Trinken gerötet, und er trug einen Pyjama; aber dennoch machte er einen recht pompösen Eindruck. Er ignorierte Doc und blickte mich finster an.

»Wer zum Teufel sind Sie?« fragte er.

»Das hier ist der junge Mann aus Sandstone«, sagte Dr. Luther. »Pat, ich möchte Sie Senator Burkman vorstellen. Der Senator war sehr hilfreich dabei, Ihre Entlassung zu erwirken.«

Burkman starrte mich mit weit aufgerissenen Augen an und bohrte mir seinen stummeligen Finger in den Bauch. »Der Teufel ist er«, keuchte er, »mich können Sie nicht reinlegen. Er ist aus einer Sonntagsschule vom Land abgehauen – das ist er.«

Doc schenkte ihm ein fades Lächeln. Vielleicht war es überhaupt kein Lächeln. Die vorstehenden Zähne konnten einen täuschen.

»Nun gut!« sagte der Senator und packt meine Hand. »Pat – Pat Cosgrove, nicht wahr? Freut mich, daß ich Ihnen helfen konnte. Schade, daß ich Sie nicht unter erfreulicheren Umständen kennenlerne.« Er lachte und klopfte mir auf die Schulter.

»Ich hoffe, ich habe Sie nicht gestört«, sagte Doc. »Ich hatte befürchtet, Sie würden wegfahren, bevor ich Gelegenheit habe, Sie zu treffen. Pat braucht einen Job.«

»Ich dachte, Sie geben ihm eine Arbeit. Ich habe genug getan.«

»Wenn Sie es so sehen, tut's mir leid«, sagte Doc, »ich frage mich bloß, ob es nicht etwas gibt, was ich sagen könnte, um Sie umzustimmen.«

Er starrte Burkman gedankenverloren an, die drei vorstehenden Zähne ruhten auf seiner Unterlippe, und Burkman lief rot an.

»Ich würde Ihnen ja gern helfen, Doc. Es ist nur so, daß ich alle Jobs, die ich habe, für meinen eigenen Bezirk brauche. Es wird für mich ganz schön knapp werden, verdammt noch mal! Warum probieren Sie's nicht bei Flanders oder Dorsey oder Mulligan?«

»Denen geht's genauso.«

»Tja«, Burkman stockte und blickte finster vor sich hin. »Zur Hölle – ich werde tun, was ich kann. Schicken Sie ihn morgen beim Straßenbauamt vorbei.«

»Soll ich Fleming gegenüber Ihren Namen erwähnen?«

»Ja – nein. Ich werde selbst mit ihm reden.«

Er schloß die Tür schnell, als ob er Angst hatte, daß man ihn noch um etwas anderes bitten könnte. Doc und ich gingen wieder die Treppe herunter.

Er hob seinen Hut von der Bank auf, schloß die Tür neben dem Eingang auf und bat mich herein.

»Liebling«, rief er. »Lila!« Er ließ mich stehen und schritt ins Nebenzimmer und durch die übrige Wohnung.

Ich schaute mich um. Für meine Begriffe war das Zimmer ein bißchen zu vollgestopft, um geschmackvoll zu wirken. Da waren volle Bücherschränke, ein Piano und eine Kombination aus Radio, Plattenspieler und Fernseher. Ein großer Lehnstuhl stand an der Fensterfront, auf der gegenüberliegenden Seite gab es einen Diwan und drei Polstersessel. Ein verspiegelter Kaffeetisch, in den ein Blumentopf eingelassen war, nahm etwa die Mitte des Raums ein.

Doc kam zurück und knallte die Verbindungstür zu.

»Mrs. Luther ist nicht da«, sagte er schroff. »Ich hatte sowieso nicht damit gerechnet. Gut –«

Er kam nicht weiter, denn jemand klopfte an die Außentür. Er riß sie auf.

»Und wo«, fuhr er den Neger in der weißen Jacke vor ihm an, »bist du gewesen?«

»In der Nordsuite, Sir.« Der Neger, ein schlanker Junge mit gleichmäßigen Gesichtszügen, lächelte beschwichtigend. »Einem der Herren war etwas unwohl.«

»Irgendeine Nachricht für mich von Mrs. Luther?«

»Nein, Sir.«

»Hm!« sagte Doc. »Ich nehme an, daß das hintere Südzimmer fertig ist? Oder hast du das vergessen?«

»Ich glaube, es ist soweit fertig, Sir. Das heißt –«

»Komm mit! Sie auch, Pat.«

Wir gingen durch die Halle. Doc schritt voran, und der Neger und ich folgten. Bei der letzten Tür rechts trat der Neger hastig vor, zog einen Schlüssel mit einem Messinganhänger aus der Tasche und schloß auf. Er schaltete das Licht an, und Doc rauschte an ihm vorbei.

Es war ein Zimmer, wie man es in jedem First-Class-Hotel findet. Der leichte Hauch von Individualität bestand in einer kleinen Zwei-Flaschen-Bar einschließlich Flaschen, einem Zigarettenspender mit drei Sorten Zigaretten und einem Zeitungsständer mit verschiedenen Zeitschriften.

Doc schaltete das Licht im Badezimmer an und wandte sich wieder an den Neger.

»Alles fertig, wie?« sagte er. »Was ist mit Pyjama, Zahnbürste, Kamm und Rasierzeug? Der ganze Kram, den du besorgen solltest?«

»Hab' ich auch, Sir. Alles. Ich hatte nur noch keine Zeit . . .«

»Gut – mach dich dran! Und bring dieses Telefon hier raus! Ich –«

Doc warf mir einen entschuldigenden Blick zu. »Ich denke nicht, daß Sie eins wollen, Pat.«

»Ganz und gar nicht«, sagte ich.

Er ließ sich in den Sessel fallen und legte den Kopf zurück. Dann setzte er die Brille ab und fing an, sie sorgfältig zu polieren. Er tat mir leid, und ich fühlte mich verlegen. Es macht einen immer ein wenig traurig, wenn man sieht, wie sich ein Mann über seine Frau aufregt, die sich um seine Gefühle offensichtlich nicht schert.

Der Neger stöpselte das Telefon aus und verließ das Zimmer. Ein oder zwei Minuten später kam er wieder und fing an, verschiedene Sachen in der Kommode und im Badezimmer einzuräumen. Als er fertig war, ließ Doc ihn einen Drink für uns mixen.

»Ich bin heute abend ziemlich müde, Willie«, sagte er, als er dem Jungen das Glas aus der Hand nahm. »Tut mir leid, wenn ich eben etwas schroff war.«

»Das ist schon in Ordnung, Doktor.«

»Falls Mrs. Luther in der nächsten Stunde zurückkommt, sag ihr bitte, daß ich hier hinten bin.«

»Jawohl, Sir.«

Der Neger ging hinaus und machte geräuschlos die Tür hinter sich zu. Doc prostete mir zu.

»Nun, Pat. Glauben Sie, daß Sie's hier aushalten?«

»Ich habe keine Ahnung«, sagte ich. »Sie wissen, wie es in Sandstone ist. Von allem nur das Beste, und der Gast hat immer recht.«

Er lächelte, und ich sagte ihm, daß er sich meinetwegen keine solchen Umstände machen solle. Ich könne mich irgendwo verkriechen und sei ihm genauso dankbar.

»Schwamm drüber, Pat«, sagte er. »Das hier ist das Einfachste, was ich habe, und ich sehe keinen Grund, warum ich Sie schlechter behandeln sollte als meine anderen Gäste. Was halten Sie vom Senator?«

»Ich bilde mir keine Meinungen«, sagte ich. »Zumindest für die nächsten beiden Jahre beabsichtige ich, sie mir von Ihnen zu borgen.«

»Ich nehme an, daß Sie das ernst meinen.«

»Ganz genau.«

Er schwenkte den Whiskey in seinem Glas und starrte hinein. »Pat, ich hoffe sehr, daß alles klargeht. Ich muß zugeben, daß Sie doch ziemlich anders sind, als ich Sie mir vorgestellt habe. Ich hätte nicht gedacht, daß ich ein so starkes persönliches Interesse entwickeln würde für einen – nun –«

»Bankräuber? Ich habe nicht lange in der Branche gearbeitet.«

»Ich bin natürlich froh drüber«, fuhr er fort. »Aber was ich eigentlich sagen wollte war, daß es mich schwerer treffen würde, als ich dachte, wenn Ihnen etwas Unerfreuliches zustoßen sollte.«

»Etwas Unerfreuliches?«

»Wegen Ihrer Bewährung«, sagte er mit einer Hast, die ich nicht recht verstand. »Ich nehme an, daß das Ganze nicht den normalen Weg gegangen ist.«

Ich mußte hart schlucken. »Sie meinen, es besteht Gefahr, daß . . .«

»Nun regen Sie sich nicht auf. Ich dachte nur, ich sage Ihnen schon jetzt, daß Myrtle Briscoe uns ganz schön die Hölle heiß machen wird, wenn wir morgen früh bei ihr antanzen. Sie wissen, wer sie ist. Die Staatsbeauftragte für Vollzugsfragen und außerdem Vorsitzende des Bewährungsausschusses.«

»Ich weiß«, sagte ich. »Ich hoffe –«

»Myrtle würde Sie eher in der Hölle verrotten lassen, als daß sie Ihnen wegen mir oder meinen Verbindungen eine Bewährung bewilligen würde. Aber notwendigerweise muß sie sich manchmal außerhalb der Hauptstadt aufhalten und dann übernimmt laut Gesetz der Gouverneur ihr Amt. Formalrechtlich ist er der Leiter jeder Abteilung während der Abwesenheit des jeweiligen nominellen Leiters.«

»Aber er sollte von dieser Macht keinen Gebrauch machen?«

»Nur in Notfällen, und ich glaube kaum, daß ein solcher vorlag. Es ist ein ernsthaftes Umgehen der demokratischen Prinzipien. Myrtle wird gewählt – weiß Gott wie oft schon, nebenbei bemerkt –, weil die Leute mögen, wofür sie eintritt. Der Gouverneur ist nur im Amt, um soviel es geht herauszuholen, und er gibt ihnen etwas anderes.«

»Was –«, ich schluckte wieder, »was kann sie tun, Doc?«

»Ich wollte Sie nicht unnötig aufregen. Sie machen den Eindruck, als könnten Sie durchaus kühlen Kopf bewahren – ich dachte, ich könnte mit Ihnen über alles reden.«

»Können Sie auch. Ich behalte mein Sandstone-Zittern für mich.«

»Nun, es gibt eigentlich nichts, was sie tun kann. Sie wird nichts unternehmen. Oh, sicher, sie kann zu den Zeitungen rennen und sich mächtig aufblasen, aber der Denkzettel, den sie uns damit verpaßt, ist den ganzen Aufwand nicht wert. Sie sind jetzt draußen. Sie wird versuchen, aus dieser Tatsache einen Vorteil zu ziehen.«

»Wie kann sie das?«

»Sie hat mehr Möglichkeiten, als ich mir ausdenken mag.« Er

gähnte und erhob sich aus seinem Sessel. »Aber darum werde ich mich schon kümmern. Wir werden jedenfalls einiges zu hören kriegen, wenn wir morgen unseren Höflichkeitsbesuch abstatten.«

»Können wir nicht – müssen wir hingehen?«

»Oh, ja. Jedes Hinauszögern der Angelegenheit wäre sehr gefährlich. Außerdem nehme ich an, daß Sie für die Dauer Ihrer Bewährungszeit jeden Monat einmal zu ihr hin müssen. Ich glaube nicht, daß sie einen Fall wie Ihren irgendeinem hergelaufenen durchschnittlichen Bewährungshelfer anvertraut.«

»Na gut«, sagte ich. »Gewarnt – gewappnet.«

Er lachte in sich hinein und ging zur Tür. »Das ist schon besser. Ich freue mich, daß ich mich in Ihnen doch nicht getäuscht habe. Ein Angsthase kann einem schwer auf die Nerven gehen.«

»Ich verstehe«, sagte ich. »Ich werde versuchen, Ihnen keine Umstände zu machen.«

»Nun, bloß keine falsche Zurückhaltung – Sie werden eine Menge Hilfe brauchen, wenn Sie wieder auf die Beine kommen wollen, und ich bin gern für Sie da. Ich will nur nicht, daß Sie sich und mich unnötig aufregen.«

Ich begann mich auszuziehen und überlegte, was ihn am Laufen hielt und warum alles so lief. Es hing damit zusammen, wer er wirklich war – der bedrohliche Mann mit den kalten Augen, der den Senator Burkman eingeschüchtert hatte, oder der Mann, der über die Verschmutzung des Flusses in Rage geraten war und sich schämte, in all diesen Dreck verwickelt zu sein.

Wie auch immer die Dinge lagen, eines war jedenfalls sicher, gemessen an Direktor Fish war er eine beträchtliche Verbesserung. Was immer mir passieren würde, nichts konnte schlimmer sein, als wieder nach Sandstone zurückzumüssen. Ich wäre tot besser dran als dort.

Mit diesen Gedanken schlief ich ein.

4

Der kleine Wecker neben meinem Bett klingelte um sieben. Ich duschte mich und war gerade dabei, mich zu rasieren, als ein anderer Neger in weißer Jacke einen Servierwagen mit dem Frühstück hereinschob.

Er sagte, er sei Henry, und erwähnte höflich, aber reserviert, daß er

Willies Bruder sei. Zwischen seinem Kommen und Gehen verstrichen fünf Minuten, in denen er die Silberhauben von den Tabletts nahm, mir Kaffee eingoß und die Morgenzeitung gegen die Kaffeekanne stützte.

Ich zog mich an und setzte mich an den Tisch.

Docs Koch war offensichtlich genauso erstklassig wie seine übrigen Angestellten. Es gab kleine heiße Biskuits, ausgelöste Grapefruit auf zerstoßenem Eis, gekochten Haferbrei, der nicht verklebt war, und ein goldfarbenes, luftiges Omelett, das fast leicht genug war, um zu schwimmen.

Auf dem Weg in die Stadt ließ Doc mich die Limousine fahren. Ich wollte es eigentlich gar nicht probieren, aber er bestand darauf, und nachdem ich mich an die Lenkradschaltung gewöhnt hatte, machte es mir keine Schwierigkeiten.

Ich war seit meinem letzten Jahr auf der Highschool nicht mehr in Capital City gewesen. Es war damals eine große Stadt gewesen, die sich ausbreitete – es gab eine Menge Parks, die Straßen waren breit und sauber, und die Wohnhäuser erschienen klein aber gemütlich. Jetzt waren die Straßen verstopft und dreckig, zwei oder drei Baracken drängten sich auf einem Grundstück, wo früher nur ein einziges hübsches Wohnhaus gestanden hatte, und die Parks waren zu stacheldrahtumzäunten Ölbohrlöchern verkommen. Sicher – es gab auch noch schöne Häuser, deren gepflegte Rasen sich über einen ganzen Straßenzug erstreckten. Aber sie betonten eher das allgemeine Erscheinungsbild von Zerfall und Verwahrlosung als daß sie davon ablenkten.

Doc dirigierte mich zu einem Parkplatz, und wir saßen ein paar Minuten herum, während er die Zeitung überflog. Schließlich faltete er sie nachlässig zusammen, warf sie auf den Rücksitz und zog seine Brieftasche hervor.

»Hier sind vierzig Dollar, Pat – Klimpergeld bis zum Zahltag.«

»Ich –«

»Ich weiß. Sie sind mir dankbar. Und Sie hoffen, sich erkenntlich zeigen zu können. Und wenn ich eine Möglichkeit für Sie sehe, dies zu tun – wegen diesem oder jenem Gefallen in Vergangenheit oder Zukunft – so werde ich es Sie wissen lassen. Sonst noch was?«

»Ich wollte Ihnen danken«, sagte ich, »aber ich lasse es wohl besser.«

»Schon gut. Sehen wir uns mal nach Kleidung um.«

Wir überquerten die Straße und gingen bis zu einer Ecke, wo er mich zum Eingang eines Geschäfts führte.

Ein hochgewachsener grauhaariger Mann in einem schwarzen Mantel und Nadelstreifenhosen schlenderte zu uns heraus.

»Ah, Doktor«, sagte er. »Ich hoffe, wir können Ihnen irgendwie zu Diensten sein.«

Doc schüttelte ihm teilnahmslos die Hand. »Ich denke, ich vertraue Ihnen meinen Freund hier an«, sagte er. »Dies ist Mr. Cosgrove, Williams.«

»Es wird mir ein Vergnügen sein.« Williams strahlte und drückte mir sacht die Hand. Er schien von meiner Kleidung keine Notiz zu nehmen.

»Mr. Cosgrove war lange Zeit krank«, fuhr Doc fort. »Er braucht eine komplette Garderobe, aber wir haben in einer Stunde einen Termin. Können Sie ihm jetzt gleich etwas Zwangloses zurechtmachen und seine Maße nehmen für ein paar Anzüge und was er sonst noch braucht? Schicken Sie dann später alles zu mir raus.«

»Natürlich«, sagte Williams. »Wir machen uns für Mr. Cosgrove sofort an die Arbeit. Wenn ich Sie nun reinbitten darf . . .«

Doc zögerte einen Moment und betrachtete sich einen sportlichen Tweedmantel. Er drehte sich um und wollte gerade in den Laden gehen, als er noch einmal über die Straße blickte. Er erstarrte.

»Ich kann nicht mitkommen«, sagte er hastig. »Treffen Sie mich am Auto, wenn Sie fertig sind, Pat. Mr. Williams, ich vertraue Ihnen Mr. Cosgrove an.«

»Vielen Dank, Doktor.«

»Die Rechnung geht an mich.«

»Selbstverständlich, Doktor. Darf ich bitten, Mr. Cosgrove.«

Doc wandte sich zur Straße und überquerte sie mit schnellen, zornigen Schritten. Ich ließ mich von Williams in den Laden führen.

Die nächste halbe Stunde erschien wir wie eine Komödie. Sie streiften mir Schuhe über die Füße und zogen sie wieder aus, während sie mir verschiedene Mäntel überhängten und wieder abnahmen. Ich probierte Hosen an, während sie mir Hüte aufsetzten. Ein ganzer Schwarm von Verkäufern in Anzügen umschwirrte mich mit Mänteln, Hosen, Krawatten und Hemden, Hüten und Schuhen. Und Williams stand da und sagte »fast« und »genau« und »leider nicht«.

Dann waren plötzlich alle verschwunden, bis auf Williams und einen Angestellten, der mir ein Taschentuch aus Leinen in die Brusttasche steckte und zurechtzupfte, während mich Williams zu einem Dreifachspiegel geleitete.

»Ich weiß nicht, wie Sie das hingekriegt haben«, sagte ich schließlich, und ich wußte nicht, wer von uns beiden sich darüber besser fühlte – er oder ich.

Williams brachte mich zum Ausgang, und wir schüttelten uns die Hand. Ich ging über die Straße zum Parkplatz.

Mittlerweile war recht viel Betrieb, und links und rechts von Docs Wagen standen andere Autos. Ich hatte nicht gemerkt, daß jemand bei ihm war, bis ich fast unmittelbar hinter der Limousine stand. Dann wurde die Tür zugeschlagen, und ich hörte einen Mann fluchen.

»Sie machen sich zum Narren!« sagte er. »Sie verderben noch alles mit Ihrer verdammten Eifersucht!«

»Dann geben Sie mir keinen Grund zur Eifersucht«, knurrte Doc. »Sie ist meine Frau. Sie sollten sich das besser merken.«

»Ich habe Ihnen gesagt, daß es rein geschäftlich war.«

»Geschäftlich oder nicht –«

»Zur Hölle mit Ihnen. Wenn Sie mir was anhängen wollen, werden Sie schon sehen, wie weit Sie damit kommen.«

Der Mann kam zwischen zwei Wagen hervorgeschossen, er hatte den Kopf gesenkt und war blind vor Wut. Ich stieß mit ihm zusammen und trat ihm mit dem Absatz auf den Fuß. Als er vornüber fiel, streifte ich mit dem Ellbogen unsanft seine Kehle.

Ich mußte ihn festhalten, damit er sich nicht flachlegte.

5

Er war einer von jenen gut erhaltenen Mittvierzigern – dunkelhaarig, durchdringende Augen, energisches Aussehen. Ich konnte verstehen, warum Mrs. Luther ihn vielleicht mochte. Ich selbst empfand eine instinktive, fast unfreiwillige Sympathie für ihn. Ich hatte ihm einen ziemlichen Schlag verpaßt, aber nachdem er mich kurz haßerfüllt angeblickt hatte, versuchte er zu grinsen.

Doc stieg aus und half, ihn zu stützen – er sah nicht so aus, als ob er sonderlich erfreut sei.

»Sind Sie in Ordnung, Bill?« sagte er. »Kann ich was tun?«

Der Mann schüttelte den Kopf. »Nur einen Augenblick. Ich bin gleich wieder voll da.«

»Das hätten Sie nicht tun sollen, Pat«, sagte Doc. »Es war völlig unnötig.«

»Es tut mir leid«, sagte ich. »Es war ein unglücklicher Zusammenstoß.«

»Nun, es hätte schlimm ausgehen können. Nach dem, was ich gesehen habe . . .«

»Ach hören Sie doch auf, ihn anzubrüllen!« Der Mann erhob sich und sprach in ganz normalem Tonfall. »Pat hat geglaubt, Sie hätten Ärger, und hat versucht, Ihnen zu helfen. Jetzt hören Sie endlich mit den Vorwürfen auf und machen Sie uns miteinander bekannt.«

»Sicher«, sagte Doc. »Mr. Hardesty, Pat Cosgrove. Mr. Hardesty ist Anwalt. Er war dabei behilflich, Ihre Entlassung aus Sandstone zu erwirken.«

Noch einer, dachte ich. Wie viele, wie sehr, warum . . .?

»Ich war froh darüber, daß man mir die Gelegenheit dazu gegeben hat!« Hardesty drückte mir die Hand. »Die haben Ihnen schwer zugesetzt. Ich freue mich, daß Sie es überstanden haben.«

»Vielen Dank«, sagte ich.

»Das Vergnügen ist auf meiner Seite. Sie gefallen mir, Pat. Ich mag Leute, die zu ihren Freunden halten.« Seine warmen, dunklen Augen musterten mich voller Bewunderung. »Er sieht mächtig gut aus, oder etwa nicht, Doc.«

»Pat und ich müssen uns auf den Weg machen«, sagte Doc. »Wir müssen zum Vollzugsbeauftragten wegen Pats Bewährung.«

»Die irre Myrtle«, lachte Hardesty, »ich beneide Sie nicht. Wenn sie Ihnen zu viel Ärger macht . . .«

»Ich glaube, ich weiß, wie ich mit ihr umgehen muß«, sagte Doc.

»Wenn Sie nicht mit ihr fertig werden, schafft es keiner«, pflichtete Hardesty ihm bei. Er grinste zu mir herüber und schlenderte pfeifend davon. Ich kletterte auf Docs Seite in den Wagen und fuhr in Richtung Kapitol.

Er sagte eine Weile gar nichts und schien ganz in seine Zeitung versunken. Schließlich wiederholte er eine Handlung, an die ich mich noch gewöhnen sollte – er faltete die Zeitung zusammen und warf sie über seine Schulter auf den Rücksitz. Dann fing er an zu reden:

»Was haben Sie von meinem Gespräch mit Hardesty mitbekommen?«

»Nicht sehr viel«, sagte ich.

»Ich habe gefragt, was Sie mitbekommen haben.«

»Nun, ich habe gehört, wie Sie sagten, daß er die Finger von Mrs. Luther lassen soll, und er fluchte und sagte, Sie seien bloß eifersüchtig.«

Doc wand sich auf seinem Sitz, und ich konnte förmlich spüren, wie seine Augen hinter den dicken Brillengläsern zornig aufblitzten. Dennoch hielt irgend etwas – etwas, das ich seltsamerweise als Furcht empfand – ihn davon ab, aus der Haut zu fahren.

»Vielleicht habe ich mich unklar ausgedrückt, Pat«, sagte er leise. »Sie haben ein exzellentes Gedächtnis; ich habe das schon bei verschiedenen Gelegenheiten feststellen können. Sagen Sie mir bitte Wort für Wort, was Sie gehört haben.«

Ich tat es. Ich wiederholte alles Wort für Wort.

»Und was schließen Sie daraus, Pat? Möchten Sie irgendwelche Fragen stellen?«

»Ich ziehe keine Schlüsse«, sagte ich. »Ich habe keine Fragen.«

Doc lehnte sich auf dem Sitz zurück. Er lachte leise.

»Hardesty ist ein netter Kerl, aber manchmal geht sein Temperament mit ihm durch. Sie haben sein Mütchen ganz schön gekühlt.«

»Tut mir leid. Ich dachte, Sie wollten noch was von ihm, und da habe ich versucht, ihn aufzuhalten.«

»Ich weiß das zu schätzen.« Er legte einen Moment lang seine Hand auf meine Knie. »Es war allerdings unnötig, wie Sie jetzt ja auch wissen. Hardesty und ich sind eigentlich ganz gut befreundet«, fuhr er fort. »Mrs. Luther hat vor einiger Zeit ein Stück Land geerbt, und er hat sich um die Angelegenheit gekümmert. Er ist einer von der Sorte, die mit niemandem – egal ob Mann oder Frau – reden kann, ohne gleich persönlich zu werden. Ich hätte eigentlich wissen sollen, daß sein Verhalten Mrs. Luther gegenüber nichts zu bedeuten hatte, aber ich fürchte, daß ich, was sie betrifft, nicht immer einen klaren Kopf bewahre.«

»Ich verstehe.«

»Nun, Schwamm drüber. Sie sehen großartig aus, Pat. Ich mußte zweimal hinsehen, bevor ich sicher war, daß Sie's sind.«

»Dafür müssen Sie sich bei Williams bedanken«, sagte ich.

»Werd' ich tun.« Er lächelte mich im Rückspiegel an. »Ich werde mich auch für die Rechnung bedanken – nur, falls Sie sich darüber Gedanken machen.«

»Schön, das zu hören.«

»Denken Sie nicht weiter drüber nach«, sagte er. »Nun, hier sind wir.«

Ich parkte auf einem Weg auf dem Gelände des Kapitols, und wir gingen über einen Rasenstreifen und stiegen die Marmorstufen zum Haupteingang hinauf.

Während wir uns durch die überfüllten Flure drängten, wurde Doc gelegentlich von jemandem angesprochen oder hielt an, um mit jemandem zu reden. Schließlich erreichten wir einen klapprigen Aufzug und fuhren ganz nach oben zum vierten Stock.

»Das Renegaten-Asyl«, flüsterte Doc, als wir aus der Kabine traten.

Wir bogen vom Hauptflur ab und schlängelten uns durch eine Reihe enger Gänge. Ich glaubte schon, daß Doc sich verlaufen habe, da kamen wir zu einer Tür mit einem Schild:

STRAFVOLLZUGSBEHÖRDE
Myrtle Briscoe
Amtsleiter

Doc warf seine Zigarette weg und nahm den Hut ab. Ich hatte meinen bereits in der Hand. Er rückte seine Krawatte zurecht, drückte das Kreuz durch und öffnete die Tür.

6

Die Sekretärin hatte eine Hakennase, ihre Haare waren fettig, sie trug eine Hornbrille und hackte auf einer Schreibmaschine herum.

Als wir hereinkamen, schaute sie auf und begann zu lächeln – dann änderte sich ihre Meinung aber doch. Ihre Nasenflügel glänzten und zitterten.

»Nun!« sagte sie.

»Wie geht's?« sagte Doc. »Würden Sie Miss Briscoe bitte sagen, daß Dr. Luther und Mr. Cosgrove hier sind.«

»Aber sicher werde ich das!« schnauzte ihn das Mädchen an. »Und wie!«

Es erhob sich, ging zu einer Tür mit dem Schild »Privat« und klopfte. Es öffnete sie und streckte den Kopf hinein.

»Miss Briscoe, *Doktor* Luther und *Mister* Cosgrove sind jetzt hier, um –«

Ein Brüllen ließ es verstummen. »Er ist also aufgekreuzt, wie? Also gut, schließen Sie den Tresor ab, und schicken Sie ihn rein! Schicken Sie beide rein!«

Das Mädchen drehte sich um, errötete und lächelte böse.

»Treten Sie ein – *Gentlemen.*«

Wir gingen hinein, und das Mädchen schloß hinter uns die Tür.

Ich glaube, jeder Sträfling oder Exsträfling im Land hat schon von Myrtle Briscoe gehört. Sie hat sich dreißig Jahre lang in ein Amt wählen lassen, das für einen Politiker so reizvoll ist wie ein Friedhof, und sie ist dabei ehrlich geblieben.

Ihre rötlichen, ausgebleichten Haare waren zu einem Knoten hochgebunden, und trotzdem war sie nicht größer als einsfünfzig. Sie trug eine weiße Bluse mit Stehkragen, hohe Schnürschuhe und einen Rock, der aussah wie eine Pferdedecke.

Sie stand auf, als wir eintraten, aber sie streckte uns nicht die Hand entgegen. »Setzen Sie sich da hin«, schnauzte sie uns an. »Nein, nein! Lassen Sie die Stühle schon beieinander stehen. Ich will euch Vögel im Auge behalten.«

Doc sagte: »Wirklich, Miss Briscoe. Ist das –«

»Halten Sie den Mund!« bellte sie. »Halten Sie Ihr großes Maul, und machen Sie's nicht eher auf, bis ich es Ihnen sage. Cosgrove, wo haben Sie diese Kleider her? Sie sehen aus wie ein Pfandleiher.«

»Miss Briscoe«, sagte Doc. »Ich werde nicht dulden –«

»Werden Sie wohl Ihren Mund halten! Also, Cosgrove?«

»Doktor Luther hat sie für mich gekauft.«

»Warum?«

»Es ist zu kalt, um ohne herumzulaufen«, sagte ich, »und die Haushaltsmittel für diesen Zweck scheinen erschöpft zu sein.«

»Soso?« Sie lehnte sich in ihrem Stuhl zurück, ihre Augen glitzerten. »Irgendeine Idee, warum sie erschöpft sind?«

»Nein, Ma'am«, sagte ich. »Aber schließlich war ich fünfzehn Jahre im Gefängnis.«

Sie lachte säuerlich. »In Ordnung, Cosgrove, Sie sind jung, und ich habe mich blöde angestellt. Aber jetzt erzähle ich Ihnen mal das Geheimnis dieser nicht existierenden Haushaltsmittel. Ich werde Ihnen sagen, warum es in Sandstone kein Geld gibt, um neue Bücher anzuschaffen; warum das Essen schmeckt wie Abwaschwasser. Warum dieser Staat, obwohl er einer der reichsten der Union ist, im Vergleich zu anderen neuerdings am Bettelstab geht ...«

»Entschuldigen Sie Miss Briscoe«, sagte ich, »ich wollte nicht ...«

»Es liegt daran, daß wir von Ratten aufgefressen werden. Ratten – verstehen Sie? Das ist die einzige Bezeichnung dafür. Und ich gebe einen Dreck drum, wie nett Sie sich anziehen oder daherreden oder wie großzügig – großzügig, verdammt noch mal – sie Leuten gegenüber sind, die bei Ihnen mitspielen.

Wer außer Ratten würde Kindern minderwertige Lehrbücher andrehen; eine Generation zur Unwissenheit verdammen. Wer sonst würde haufenweise Geld in die eigenen Taschen fließen lassen, mit der Folge, daß gefährliche Stellen auf den Highways nicht ausgebessert werden. Wer sonst würde für hilflose alte Männer und Frauen Häuser ohne Feuerleitern oder Notausgänge bauen. Wer sonst würde einem Irren zweitausend Männer anvertrauen, der sie verhungern oder mißhandeln – ganz recht – oder umbringen läßt. Was ist? Was sagen Sie dazu, Cosgrove. Von allen Leuten müßten Sie mir doch am ehesten zustimmen.«

»Ich habe den Brookings-Bericht gelesen«, sagte ich.

»Oh, wirklich? Gut, gut! Aber was haben Sie getan, als meine Untersuchungsbeamten in Sandstone waren? Haben Sie mit ihnen geredet, ihnen ganz genau gesagt, was Ihnen nicht paßt?«

»Nein, Ma'am«, sagte ich.

»Nein. Ganz recht, Sie haben's sein lassen! Und Sie erwarten, daß eine einzelne Frau, die über das niedrigste Budget verfügt . . .«

»Aber ich weiß von einigen, die den Mund aufgemacht haben«, sagte ich.

»Oh«, sagte sie matt; und dann war sie eine ganze Minute lang still. Dann seufzte sie, blickte finster drein und wandte sich an Doc. »Doktor, warum ist der Antrag für Cosgroves Bewährung nicht in der üblichen Weise gestellt worden?«

»Ich, ähm –« Doc zog seine Lippe über die vorstehenden Zähne. »Senator Burkman dachte, daß –«

»Senator Burkman hat in seinem ganzen Leben noch nie irgendwas gedacht, und Sie können ihm ruhig erzählen, daß ich das gesagt habe. Sie waren sicher, daß ich Ihnen niemanden zur Bewährung anvertrauen würde, oder? Machen Sie sich mit der Antwort keine Mühe. Wo wird Cosgrove angestellt werden? In Ihrem Bordell?«

»Miss Briscoe«, sagte Doc mit einem gefährlichen Unterton. »Ihre Ausdrucksweise läßt mich völlig kalt.«

»Wuff, wuff«, Myrtle Briscoe grinste. »Na und?«

»Ich habe vor, ihm eine Anstellung bei einer Behörde zu vermitteln. Formal ist er natürlich mein Angestellter, bis –«

»Ich weiß. Ich kenn' den Dreh. Und Sie, Cosgrove, Sie sind also gewillt, eine weitere Made im Speck der Öffentlichkeit zu werden?«

Ich lächelte sie an, und sie verzog ihr Gesicht zu einer Grimasse.

»Blöde Frage, hm? Hat Doc Ihnen irgendeinen Grund genannt, warum er diesen ganzen Zaster über Sie ausgießt?«

»Was auch immer für mich ausgegeben wurde«, sagte ich, »beabsichtige ich zurückzuzahlen.«

»Und wie?« Sie redete, als ob Doc gar nicht im Zimmer wäre. »Haben Sie irgendeine Vorstellung, was so ein Jux kostet, Red? Hardesty hängt mit drin. Und Burkman. Und verschiedene Beamte, mit denen er irgendwelche Kuhhändel abgeschlossen hat, damit sie dem Gouverneur Druck machen.«

»Miss Briscoe –«

»Doc, wenn Sie nicht das Maul halten, lasse ich Sie aus dem Büro werfen ... Also, so sieht's aus, Red, zumindest in groben Zügen. Ich will damit sagen, daß Doc nicht wirklich Geld ausgegeben hat, um Sie rauszuholen. Er und sein Haufen haben lediglich Zusagen gemacht. Sie haben ganz geschickt auf einige Gefälligkeiten, die bestimmte Leute ihnen schuldig waren, großzügig verzichtet und sind selber gewisse Verpflichtungen eingegangen. Sie haben eine Menge Dampf abgelassen, und den könnten sie gerade jetzt gut gebrauchen. Also Red, warum, glauben Sie, haben die das alles getan?«

»Ich weiß, warum«, sagte ich, »aber ich ziehe es vor, daß Doc es Ihnen erklärt.«

»Smart«, sagte sie. »Können Sie auch kochen?«

»Miss Briscoe«, sagte Doc. »Ich möchte, daß Sie mir glauben, daß ich Pat nur aus einem Grund geholfen habe: Weil er Hilfe brauchte und ich in einer Position war, wo ich sie ihm geben konnte.«

»Ich weiß, sie hätten gern, daß ich das glaube.«

»Pat war fünfzehn Jahre hinter Gittern, wegen einem Überfall, bei dem niemand zu Schaden kam und niemand verletzt wurde. Er hat nicht gesessen, weil er ein Verbrecher war, sondern gerade weil er es nicht war. Man hätte ihn allenfalls in eine Jugendstrafanstalt schicken sollen.«

»Da haben Sie recht«, sagte Miss Briscoe widerwillig.

»Man hätte Pats Strafe schon vor fünf Jahren zur Bewährung aussetzen können, aber man hat ihn weiter in Sandstone sitzen lassen. Zehn Jahre wären schon schlimm genug gewesen, und man hat ihn noch fünf Jahre länger dabehalten. Er hätte sein ganzes Leben dort zugebracht, einzig und allein deshalb, weil er weder Freunde noch Geld hatte.«

»Und Sie haben ihn dort herausgeholt, einzig und allein wegen der Güte Ihres Herzens.«

»Sehen Sie's mal so«, sagte Doc langsam. »Ich – ich habe eine Menge Fehler gemacht. Vielleicht wird dies helfen, einige davon aufzuwiegen.«

Myrtle Briscoe starrte ihn an. Ihre Ellbogen ruhten auf dem Schreibtisch, und sie hatte die Hände unter dem Kinn verschränkt.

»Verdammt noch mal, Doc. Ich würd's ja gern glauben.«

»Es ist die Wahrheit.«

»Vielleicht – vielleicht auch nicht. Ich habe in meinem Leben schon mit so vielen Gaunern zu tun gehabt, daß –« Sie brach ab. »Pat – Red, Sandstone ist kein besonders angenehmer Ort, oder?«

»Was ist, wenn ich ja sage?« sagte ich. »Oder nein?«

»Schwamm drüber. Aber es gibt mehr als eine Sorte von Gefängnissen. Nicht alle sind von Mauern umgeben.«

»Ich weiß«, sagte ich. »Ich habe in der Bibliothek gearbeitet, Miss Briscoe.«

»Nun, ich hoffe, daß Sie etwas dabei gelernt haben. Sie haben eine schlimme Zeit hinter sich. Ich hoffe, daß Ihnen nicht noch Schlimmeres bevorsteht. Nicht, daß der Unterschied besonders groß wäre. Mir geht's wie allen – ich muß mitspielen. Doc wußte das – nicht wahr, Doc?«

»Sicher, Miss Briscoe – ich hatte auf Ihre Zusammenarbeit gehofft.«

»Ich werde mitspielen – dieses eine Mal. Aber lassen Sie sich so was nicht zur Gewohnheit werden. Die Wahlen stehn vor der Tür, und ich bin es allmählich leid, mit einem eisernen Besen durch den Laden zu fegen.«

Myrtle Briscoe kam um den Schreibtisch herum, faßte mich an beiden Armen, schaute zu mir auf und sah mir in die Augen.

»Ich habe gesponnen, was die Kleider angeht«, sagte sie. »Sie sehen gut aus – und Sie werden sich gut halten müssen. So hart es auch sein wird, auch wenn wir beide denken, daß es Unfug ist. Sie wissen, was ich meine. Keine Besäufnisse, keine Flittchen, keine Schlägereien. So steht's in den Vorschriften, und solange das so ist, sage ich das gleiche.«

»Jawohl, Ma'am«, sagte ich.

»Vielleicht«, sagte sie. »Vielleicht – ach, machen Sie, daß Sie rauskommen, verdammt noch mal!«

7

Im Untergeschoß des Kapitols gab es ein Restaurant, und Doc und ich aßen dort zu Mittag. Keiner von uns war besonders hungrig, und so nahmen wir nur Salat, Brötchen und jeder eine Flasche Bier.

Verschiedene Leute kamen bei uns am Tisch vorbei. Da war Senator Flanders mit einem Mann, der – soweit ich es mitbekam – Vertreter für Schulbücher war. Dann ein Amtsleiter für dieses oder jenes, dessen Namen ich nicht verstand. Noch ein Senator namens Kronup. Verschiedene Leute; ich sollte sie alle von Zeit zu Zeit in Docs Haus wiedersehen.

Burkman kam herein, als wir gerade unser Bier austranken, und setzte sich auf einen Stuhl an unserem Tisch. Er hatte Ringe unter den Augen, und seine Stimme war noch rauher als in der Nacht zuvor.

Doc erzählte ihm von Myrtle Briscoe.

»Myrtle hat eine Andeutung fallenlassen, daß sie das nächste Mal nicht kandidieren wird. Vielleicht sollte es auch eine Drohung sein.«

»Quatsch. Ich weiß zufällig ganz genau, daß sie dabei ist, ihr Wahlkampfmaterial zusammenzustellen. Egal, sie braucht noch nicht mal eine große Kampagne zu führen. Sie wird sowieso gewählt.«

Burkman fluchte. »Es würde der alten Schlampe ähnlich sehen, wenn sie sowas durchzieht. Wir werden uns ein wenig um sie kümmern müssen, Doc. Ihr bessere Büros verschaffen, oder einen weiteren Untersuchungsbeamten.«

»Das wäre keine schlechte Idee.«

»Es wäre ganz gut, wenn Sie heute nachmittag mit mir kommen, Doc. Ich will, daß Sie dem Gouverneur sagen –« Burkman machte eine Pause und schaute von mir zu Doc. »Was ich Ihnen sagen wollte, Pat – ich habe eine Anstellung für Sie. Gehen Sie morgen beim Straßenbauamt vorbei und fragen Sie nach Mr. Fleming.«

»Danke, vielmals«, sagte ich. »Und wann?«

»Ach, wie es Ihnen paßt. Irgendwann am Vormittag.«

»Wie sieht's mit der Bezahlung aus?« fragte Doc.

»Zweieinhalb. Was Besseres konnte ich nicht kriegen.«

Doc zuckte mit den Achseln. »Es könnte schlechter sein. Was halten Sie davon, Pat. Ist Ihnen ein Job mit zweihundertfünfzig pro Monat recht?«

»Ich bin sehr dankbar dafür«, sagte ich. »Ich hoffe nur, daß ich die Arbeit überhaupt erledigen kann.«

Burkman riß die Augen weit auf. Dann lehnte er sich zurück und brach in schallendes Gelächter aus. Doc lachte leise vor sich hin. »Die Arbeit wird nicht allzu schwierig sein«, sagte er knapp und griff nach unserer Rechnung. »Ich bin die nächsten zwei Stunden beschäftigt. Möchten Sie was Bestimmtes tun?«

»Nichts Spezielles«, sagte ich. »Ich werde einfach hier in der Nähe rumbummeln.«

»Das ist eine gute Idee. Da können die Leute auch mal sehen, was ein gutangezogener Mann so trägt. Wenn Sie wollen, können Sie auch hierher zurückkommen und noch was essen oder trinken.«

»Ich denke, ich laufe einfach nur so rum«, sagte ich, »wo soll ich Sie nachher treffen?«

»Oh«, er blickte auf seine Uhr, »sagen wir am Vordereingang.«

Ich sagte, daß ich dort sein würde, schüttelte dem Senator die Hand und ging.

Ich brauchte fast eine Stunde, bis ich das historische Staatsmuseum gefunden hatte. Die meisten Schaukästen waren leer, und kleine vergilbte Zettel hingen daran:

AUSSTELLUNGSSTÜCKE ZEITWEILIG AUSGELIEHEN

Ich ging vom Museum zur Staatsbibliothek – »Wegen Renovierungsarbeiten geschlossen«. Dann schaute ich, weil ich kaum noch Zeit hatte, nach, wo die Büros des Straßenbauamts lagen und ging wieder zum Vordereingang, um auf Doc zu warten.

Ich lehnte an der Steinbalustrade und wollte mir gerade eine Zigarette anzünden, als sie herauskam.

Ich beschreibe sie ungern, weil eine Aufzählung von Äußerlichkeiten selten wirklich etwas über eine Person aussagt.

Obwohl es auf den ersten Blick so scheinen konnte, war sie kein junges Mädchen mehr, und sie versuchte auch gar nicht, so zu wirken, denn die Linien ihres vollen, festen Körpers waren die einer jungen Frau. Sie war einfach nur sie selbst, eine ewig jugendliche und lebensfrohe Person, und ich konnte mir nicht vorstellen, daß sie sich jemals anders verhalten oder anziehen würde.

Sie trug ein einfaches blaues Kleid mit weißem Kragen und einem schmalen Gürtel, der auf dem Rücken eingehakt wurde. Sie trug Schuhe mit flachen Absätzen, und ich glaube, sie trug keine Strümpfe. Ihre Beine waren geschwungen und fest. Ein schwarzer Strohhut mit einer tellerförmigen Krempe baumelte an einem Gummiband an ihrem Arm. Ihr gekräuseltes Haar hatte sie zurückgekämmt und mit einem weißen Band zusammengeknotet, so daß es eine einzige große Locke bildete, die ihr fast bis zu den Schultern reichte.

Sie stand eine Minute am oberen Ende der Treppe und atmete tief ein vor Glück. Ihre braunen Augen, ihre kleine gerade Nase – ihr ganzes Gesicht schien überzusprühen vor guter Laune. Sie lächelte zu mir herüber, natürlich ohne mich wirklich zur Kenntnis zu nehmen. Es war einfach ein schöner Tag, und sie war am Leben, und all das war gut so.

Dann ging sie beschwingt die Stufen hinab, der Hut schaukelte an ihrem Arm, und der schmale Gürtel schlug sacht auf ihren Hintern.

Ich wollte ihr nachrennen, nach ihrem Namen fragen, sie irgendwie anhalten – und sie nie wieder fortgehen lassen. Und dann fiel mir wieder ein, wer ich war – Doc – Myrtle Briscoe – Sandstone –, und ich konnte nur dastehen und ihr hinterherblicken. Ich fühlte mich leer und speiübel. Verloren.

Am Ende des Gehsteigs bog sie in die Einfahrt und ging an einer Reihe geparkter Wagen entlang.

Sie blieb bei Docs großer schwarzer Limousine stehen, schaute kurz über die Schulter zurück und öffnete die Tür.

Einen Augenblick lang stand ich wie angewurzelt da – ich konnte oder wollte nicht glauben, was ich gesehen hatte. Dann lief ich die Stufen hinab – immer drei auf einmal. Ich hastete über die Einfahrt und rannte gebückt an der langen Reihe von Autos entlang. Ich erreichte Docs Limousine, sprang leise über eine Stoßstange und duckte mich hinter ihr.

Sie kniete mit dem Rücken zu mir – nun, es war nicht ganz ihr *Rükken*, um genau zu sein – auf dem Wagensitz. Sie öffnete einen Reißverschluß am Sitzbezug, langte zwischen Bezug und Sitz und fummelte einen langen, dicken braunen Umschlag hervor.

Sie setzte einen Fuß auf das Trittbrett und wollte rückwärts wieder aussteigen. Ich war ihr dabei im Weg. Sie wackelte ein wenig, ohne daß sie wußte, daß jemand hinter ihr stand. Sie drückte, und ich drückte zurück.

Da erst schaute sie sich um.

»Oh.« Sie mußte Luft holen und riß den Mund weit auf. Dann lächelte sie verschmitzt und lehnte den Kopf zur Seite. »Also wirklich«, sagte sie in einem scherzhaft vorwurfsvollen Tonfall. »Meinen Sie nicht, daß Sie ein Mädchen zuerst mal fragen sollten?«

Ich trat einen Schritt zurück und merkte, wie mein Gesicht rot anlief. »Ich gehöre zu Dr. Luther«, sagte ich und nickte zum Wagen hin. »Ich habe gesehen, wie Sie da was rausgenommen haben . . . diesen Umschlag da.«

»Sooo!« Bei dem »O« verzog sie ihren Mund zu einem Ausdruck übertriebenen Erstaunens. »Wie nennen die Leute Sie denn, Sie hübscher rothaariger Mann?«

»Mein Name ist Cosgrove«, sagte ich. »Patrick Cosgrove, und ich werde diesen Umschlag jetzt nehmen.«

»Ich wette, daß nicht«, sagte sie sofort und ihre Augen funkelten.

»Jetzt sehen Sie mal, Miss –«

»Flournoy. Madeline Flournoy.«

»Sie sagen das, als ob mir das irgendwas sagen sollte. Tut es aber nicht. Ich fürchte –«

»Ich arbeite für Doc. Er hat mich wegen dieser Verträge hergeschickt. Genügt Ihnen das, oder wollen Sie einen Ringkampf?«

»Wenn Sie für Doc arbeiten, macht es Ihnen sicher nichts aus, wenn ich jetzt mit Ihnen zusammen zu ihm zurückgehe.«

»Es macht mir nicht das Geringste aus, Patsy«, sagte sie sofort. »Aber es gehört zu meinen eisernen Prinzipien, mich nicht mit Rothaarigen einzulassen.«

»Tut mir leid«, sagte ich. »Ich muß entweder mit Ihnen mitkommen, oder darauf bestehen, daß Sie hier warten, bis Doc kommt.«

Sie hielt die Papiere und ihren Hut hinter dem Rücken, senkte den Kopf und rannte voll in mich hinein. Sie tat es mit solcher Wucht, daß ich ihre Zähne knirschen hören konnte.

Ich versuchte, um sie herumzugreifen und die Papiere zu packen. Statt dessen kriegte ich ihren Hut zu fassen und zerriß das Band, mit dem er an ihrem Arm hing. Er glitt am Trittbrett vorbei zu Boden und rollte zwischen uns.

»Sehen Sie nur, was Sie angerichtet haben«, sagte sie vorwurfsvoll.

»Entschuldigung«, sagte ich.

Wir griffen beide gleichzeitig danach. Es war sehr schmerzhaft, als unsere Köpfe zusammenknallten. Mich hatte es schon hart getroffen, und ich weiß, daß es für sie noch schlimmer gewesen sein muß. Von einem Moment zum anderen wurde sie ganz weiß im Gesicht.

Ich entschuldigte mich erneut und wollte gerade den Hut aufheben, da rammte sie mir ihr Knie mit einer solchen Wucht ans Kinn, daß es mich fast umgehauen hätte.

Es war eine instinktive, eine natürliche, animalische Reaktion auf den Schmerz gewesen. Und ich handelte nun genauso instinktiv.

Ich faßte sie bei den Knöcheln und schleuderte sie hoch.

Sie segelte durch die Wagentür, die glücklicherweise offenstand, und landete federnd auf dem Sitz. Ihre Füße wirbelten in der Luft und ihr Kleid flog über ihren Kopf.

»Was zum Teufel noch mal«, sagte Dr. Luther, »geht hier vor?«

8

Sein Hut war tief auf das sandfarbene Haar gequetscht, und ein Speichelfaden tropfte von seinen vorstehenden Zähnen. Er stieß mich zur Seite und schleuderte sie fast vom Sitz.

»Was, in Gottes Namen, ist mit Ihnen los, Madeline?« fragte er schroff. »Ich habe Sie vor einer halben Stunde losgeschickt, um diese Verträge zu holen, und ich habe gewartet und gewartet, bis es meinen Gesprächspartnern zuviel wurde und sie gegangen sind. Und dann komme ich hierher und finde Sie mit dem Hinterteil in der Luft, und – und –«

»War nicht das Hinterteil«, gab sie schmollend zurück. »War das Unterteil.«

»Zur Hölle mit dem ganzen Kram! Sie sind kein Kind mehr, und Ihr Gehalt ist kein Taschengeld! Wenn Sie sich nicht zusammenreißen und Ihre Arbeit ordentlich erledigen, besorge ich mir jemand anders.«

»Wetten, daß Sie das nicht können!« sagte sie. »Wetten, daß Sie niemanden kriegen, der auch nur halb so gut«, und dabei dehnte sie die Worte ein wenig, »Bescheid weiß wie ich.«

»Aber, verdammt noch mal!« Er starrte sie hilflos an und schluckte dann hinunter, was er noch sagen wollte.

»Es war mein Fehler, Doc«, sagte ich. »Ich habe gesehen, wie sie diese Papiere aus dem Wagen genommen hat, und daraus dann die falschen Schlüsse gezogen.«

»Und ich war eklig zu ihm«, sagte Madeline, »auf meine übliche, schräge Art.«

»Ich kann's mir vorstellen«, sagte Doc. »Es ist genauso meine Schuld. Ich hatte vergessen, daß Pat am Eingang auf mich warten wollte. Es wäre sowieso besser gewesen, wenn Sie beide sich schon vorher kennengelernt hätten.«

Er machte uns zwanglos miteinander bekannt und öffnete die Wagentür. »Machen Sie heute nacht noch eine Abschrift von diesen Verträgen, Madeline«, sagte er. »Und bringen Sie sie am Nachmittag hierher – gleiche Zeit, gleicher Ort. Pünktlich!«

»Ich wollte heute abend ins Kino!«

»In Ordnung. Stehen Sie früh auf, und machen Sie's dann. Es ist mir egal, wann Sie's erledigen.«

»Na ja –« Sie stand schmollend neben der Tür und kritzelte mit der linken Hand eine Adresse in den Staub auf der Karosserie und schrieb 16.00 Uhr darunter. »Also, Sie und Mr. Cosgrove könnten mich dann ja nach Hause fahren.«

»Wir haben etwas Wichtiges zu erledigen«, sagte Doc kühl. »Kommen Sie mit, Pat, machen wir uns auf den Weg.«

Ich wischte weg, was sie hingeschrieben hatte, nickte ihr zu und ging um den Wagen herum.

Als ich losfuhr, verschränkte sie die Hände auf dem Rücken und streckte Doc die Zunge heraus.

»Diese Frau«, murmelte er. »Wenn sie nicht so einen großen Wert für mich hätte . . .«

»Sie ist Ihre Sekretärin?«

»Man kann es so nennen. Aber eigentlich ist sie mehr, sie macht eine Menge, was über die Aufgaben einer Sekretärin hinausgeht. Sie weiß – nun, Sie haben es ja auch gehört, sie weiß Bescheid.«

»Ich verstehe«, sagte ich.

»Sie ist ein typischen Beispiel dafür, was man davon hat, wenn einem jemand leid tut. Als ich ihr das erste Mal über den Weg gelaufen bin, dachte ich, sie wäre das bemitleidenswerteste, hilflose Küken, das je von der Handelsschule kam. Aufgezogen von einer Tante, die sie rausgeschmissen hat, als sie sechzehn war – mittlerweile kann ich verstehen, warum. Hat sich das Geld für die Schule als Serviererin verdient und ist dabei von all diesen großen, bösen Männern angepöbelt worden. Sie wollte einfach nur wirklich hart arbeiten für einen netten väterlichen Mann wie mich, der ihr mit Rat und Tat zur Seite steht, na ja . . .«

Ich lachte zustimmend. »Kann sie einen nicht ziemlich durcheinanderbringen, wenn man sie dauernd um sich hat?«

»Sie geht mir auf die Nerven, das stimmt schon. Aber sie ist schlau und gewitzt, und die Leute mögen sie, auch wenn sie nichts davon haben. Sie vergessen in ihrer Nähe alle Vorsicht und müssen dann irgendwann feststellen, daß sie nicht halb so unschuldig und harmlos ist, wie sie scheint. Sie –«

»Entschuldigen Sie, Doc«, sagte ich. »Wo wollten Sie hinfahren?«

»Nach Hause, denke ich, warum? Außer, Sie wollen noch woanders hin.«

»Keinesfalls«, sagte ich. »Ich dachte nur, Sie hätten gesagt, daß Sie noch . . .«

»Das war nur ein Vorwand. Ich brauche sie bei meinen geschäftlichen Angelegenheiten. Ich muß sie nicht noch herumkutschieren – persönliche Dinge sollte man da rauslassen. Ganz am Rand, Pat . . .«

»Ja«, sagte ich und wußte, was jetzt kommen würde.

»Ich will, daß Sie ihr auch aus dem Weg gehen. Ich weiß, daß Sie mir gegenüber loyal und dankbar sind und daß Sie nichts absichtlich tun würden, was mir schaden könnte. Aber es ist einfach nicht gut, wenn zwei Leute, die so eng mit meinen Angelegenheiten befaßt sind, auch noch eine intime Verbindung eingehen würden. Sie verstehen das, Pat? Ich werde so etwas nicht zulassen.«

Er drehte sich um und schaute mich an. Ich nickte mit dem Kopf, weil ich meiner Stimme nicht traute.

Er sagte: »Ich zähle auf Sie.«

An der Vorderseite des Hauses ließ ich ihn aussteigen und fuhr den Wagen dann weiter in die Garage.

Dann fegte ein anderer Wagen die Auffahrt entlang – es war das Cabrio, das ich schon am Abend zuvor gesehen hatte. Es schoß mit quietschenden Reifen neben die Limousine und knallte geräuschvoll, aber ohne daß etwas passiert wäre, an die Rückwand der Garage.

Eine Frau stieg aus und kam eilig auf mich zu. Sie streckte mir die Hand entgegen und lächelte.

Sie war außergewöhnlich groß und schlank, aber dennoch hatte sie etwas Weiches. Ihr Haar war aschblond, ihr Teint glatt und makellos – alles paßte hervorragend zusammen, man findet so etwas selten. Sie trug ein rehbraunes Schneiderkostüm und dazu über den Schultern einen Fuchspelzschal.

Kurz gesagt – sie war eine sehr schöne Frau von dreißig oder so. Ein wenig theatralisch in ihrem Gehabe, aber schön. Und sonst absolut nichts weiter.

»Sie sind Pat Cosgrove«, rief sie und senkte ihre Hand ein wenig, um nach meiner zu greifen. »Der Doktor hat mir so viel über Sie erzählt. Ich bin Lila Luther.«

»Guten Tag, Mrs. Luther«, sagte ich.

»Letzte Nacht wollte ich noch vorbeischauen und hallo sagen, aber der Doktor meinte, Sie wären müde. Und heute morgen ist er dann mit Ihnen abgerauscht, bevor ich aufgestanden war.«

»Nun ja . . .«, sagte ich.

»Kommen Sie doch mit.« Sie hakte sich bei mir unter. »Ich möchte, daß Sie mir Ihr Zimmer zeigen. Der Doktor hat mir versichert, daß man es Ihnen äußerst komfortabel hergerichtet hat, aber er würde es natürlich nicht merken, wenn es nicht so wäre. Ist er nicht verrückt? Aber süß. Sehr süß.«

»Ich mag ihn«, sagte ich und versuchte, dabei nicht zu überschwenglich zu klingen. »Und das Zimmer ist hervorragend. Ich –«

»Oh, gut«, sagte sie achselzuckend. »Natürlich, Sie *müssen* ihn mögen. Nicht, daß Sie nicht ehrlich sind. Das sind Sie, ich hab's sofort gesehen. Kennen Sie Mr. Hardesty? Ich mag ihn sehr, Sie nicht auch? Er ist so ein ruhiger, ernster Mann. So, äh, ganz und gar nicht verrückt.«

Sie plauderte ununterbrochen weiter, während wir die Einfahrt und den Weg zum Haus hinaufgingen, offensichtlich war sie vom Klang ihrer eigenen Stimme so angetan, daß ihr mein angespanntes Schweigen gar nicht auffiel.

Sie hielt bei der Tür zu ihrer Wohnung inne, der von ihr und Doc, klopfte kurz an und rief:

»Doktor! Ich bin noch ein paar Minuten drüben bei Mr. Cosgrove!«

Sie wartete die Antwort erst gar nicht ab und drängte mich weiter den Flur entlang. Ihr Bein war lang und weich und streifte an meinem entlang.

Ich schloß die Tür zu meinem Zimmer auf und wollte ihr den Vortritt lassen. Sie nahm meinen Arm, und wir gingen zusammen hinein.

»Nun ja«, sagte sie und schaute sich kritisch um. »Bei Ihnen haben Sie's gar nicht *so* schlecht hingekriegt.«

»Es ist weit besser als alles, was ich bisher hatte«, sagte ich, »und es gibt nichts, was ich noch brauche, Mrs. Luther.«

»Gar nichts?« Sie drückte verstohlen meinen Arm. »Ich wüßte was. Ich brauche einen Drink.«

»Mrs. Luther«, sagte ich. »Sie – Sie –«

»Was?« Sie zog die eine Augenbraue hoch; sie war schmal und

glänzte. »Ach, ein Schluck von dem Bourbon da wäre ganz gut. Mit einem kleinen bißchen Wasser, bitte.«

Ich nickte und ging zur Bar – fast im gleichen Augenblick hörte ich, wie die Tür sacht geschlossen wurde.

Doc würde es mir übelnehmen, wenn ich sie hinauskomplimentieren würde. Unabhängig davon, wie er selbst über sie dachte, würde er einem die Unterstellung übelnehmen, daß sie nicht war, was sie zu sein schien. Ich konnte nur hoffen, daß sein Verstand stärker war als seine Eifersucht. Er mußte einfach wissen, daß ich mich nicht auf irgendwelche Spielchen mit seiner Frau einlassen würde.

Ich mixte den Drink und brachte ihn ihr.

Ich gab ihr Feuer. Ich versuchte nicht mitzukriegen, wie sie ihre hochhackigen Wildlederpumps abstreifte.

»Setzen Sie sich doch, Pat«, sagte sie. Und dann: »Oh, wo ist denn Ihr Drink?«

»Ich trinke nur selten, Mrs. Luther«, sagte ich, »ich möchte im Moment, glaub' ich, keinen.«

»Aber ich trinke nie allein! Ich meine, es ist mir damit sehr ernst.«

»Mrs. Luther . . .«

»Lila. Oder mögen Sie den Namen nicht?«

»Ich mag ihn sehr, aber . . .«

»Dann sagen Sie ihn auch.«

»Lila«, sagte ich tonlos.

Was dann passierte, war so völlig durchgedreht, daß ich manchmal kaum glauben kann, daß es überhaupt passiert ist.

Sie stellte ihr Glas auf den Boden und erhob sich, dabei ließ sie ihren Fuchspelzschal von den Schultern gleiten. Sie legte ihre Arme um mich, drehte sich und drehte mich mit und ließ sich rückwärts fallen. Sie landete auf dem Bett und zog mich an sich.

Ihre Augen waren geschlossen, und sie atmete tief, ihr Kopf schaukelte auf dem dicken Knäuel aschblonden Haares ein wenig von einer Seite zur anderen. Sie öffnete den Mund und hob ihren Kopf zu mir hin. Und ich war kurz davor, mich zu ihr hinabzubeugen. Ich wollte es. Ich wollte sie.

Ich glaube, es war das Rot ihrer Lippen, das mich wieder zu Verstand brachte. Lippenstift: Beweise: Strafe. Oder vielleicht hörte ich die leisen Schritte auf dem dick mit Teppich ausgelegten Flur . . . Obwohl das fast unmöglich scheint.

Wie auch immer – ich beugte mich nicht hinab.

Ich drehte den Trick um, mit dem sie mich hereingelegt hatte.

Ich richtete mich abrupt auf und riß sie mit hoch, bevor sie ihren Griff lösen konnte. Ich faßte sie bei den Ellbogen, schleuderte sie buchstäblich in hohem Bogen durch die Luft und ließ sie in den Sessel fallen. Ich strich ihr die Haare aus dem Gesicht. Ich legte den Schal um ihre Schultern. Ich streifte ihr die Schuhe über und klemmte ihr das Glas in die Hand.

Mit einem Satz erreichte ich die Tür.

Sie war abgeschlossen. Sie hatte sie verriegelt.

Ich schloß auf und drehte dabei gleichzeitig geräuschvoll den Türknauf.

Als ich das tat, spürte ich von der anderen Seite einen Gegendruck. Und Dr. Luther kam herein.

9

»Oh«, sagte ich, »ich wollte Sie gerade rufen, Doc. Mrs. Luther dachte, Sie hätten vielleicht Zeit für einen Drink.«

Er schüttelte mißgelaunt den Kopf und schaute zu ihr hin. Er sah sie sehr genau an. »Hast du noch nicht ausgetrunken?«

»Es sieht nicht so aus, oder?«

»Dann trink aus. Oder nimm ihn mit.«

Sie starrte ihn an, lächelte seltsam und wippte mit dem Bein.

»Lila«, sagte er mit einem entschuldigenden Ton in der Stimme. »Glaubst du nicht . . .?«

»Ich werde dir sagen, was ich glaube«, sagte sie und stand auf. »Ich glaube, daß du ihn besser nimmst.« Und dann schüttete sie ihm den Inhalt des Glases ins Gesicht.

Ich wollte ihr eine runterhauen. Ich hoffte, daß Doc es tun würde, egal, was mit mir passieren würde. Statt dessen stand er bloß hilflos da, und der Whiskey tropfte von seiner Brille und lief in kleinen Strömen hinunter zu seinem Mund und seinem Kinn.

Mrs. Luther lachte kurz auf. Sie drehte sich um und lächelte mich strahlend und blöde an.

»Es tut mir leid wegen dem Teppich, Pat«, sagte sie, und dann schlenderte sie aus dem Zimmer und machte die Tür hinter sich zu.

»Doc«, sagte ich. »Doc . . .«

Er drehte sich langsam um und schaute mich durch seine mit

Whiskey bekleckerte Brille an. Er griff unbeholfen mit der einen Hand nach ihr.

»Doc«, sagte ich wieder, völlig hilflos, und er machte zögernd einen Schritt auf mich zu.

Er machte noch einen Schritt, und ich trat zur Seite. Er ging an mir vorbei ins Badezimmer, und ich hörte das Wasser laufen. Ich ging zur Bar und goß mir einen ordentlichen Drink ein – pur. Ich hatte die Flasche gerade zum zweitenmal in der Hand, als sich die Badezimmertür öffnete.

»Machen Sie doch gleich zwei, Pat«, sagte Doc beiläufig.

»Sicher«, sagte ich und goß noch einen ein und versuchte dabei, so wenig wie möglich mit der Flasche gegen das Glas zu klappern.

Er hatte sich gewaschen und gekämmt, so daß er eigentlich fast genauso aussah wie sonst. Daß er innerlich kochte, konnte man nur daran ablesen, daß sein Mund eine schmale Linie bildete. Unbewußt hatte er die Lippen energisch über den vorstehenden Zähnen zusammengekniffen.

»Nun denn«, er lächelte mich ein wenig schüchtern an. »Genauso läuft's, Pat.«

»Genauso«, sagte ich und knallte das Glas auf, daß der Whiskey auf den Kaffeetisch spritzte.

»Zur Hölle, verdammt noch mal«, sagte ich. »Doc, ich werde Ihnen einiges erzählen. Es wird Ihnen vielleicht nicht passen –«

»Machen Sie sich keine Umstände, Pat. Ich glaube nicht, daß Sie mir irgendwas erzählen könnten, das ich nicht schon weiß.«

»Sie können es nicht wissen, außer–«

»Doch, doch. Ich kann es wissen und es trotzdem nicht hinnehmen, in Ordnung. Man sperrt sich einfach dagegen. Ich glaube, es ist besser, wenn ich Ihnen einiges über mich erzähle. Danach können sie auch das mit Lila verstehen.«

»Sie brauchen mir nichts zu erklären, Doc«, sagte ich. »Ich ...«

»Ich hätte es schon vorher tun sollen. Sie werden sowieso von anderen Leuten manches zu hören kriegen, genausogut können Sie die ganze Geschichte auch von mir erfahren ... Erinnern Sie sich noch an eine von Myrtle Briscoes Anfangsbemerkungen heute früh – daß das Mädchen den Tresor abschließen soll?«

»Ja«, ich nickte. »Warum?«

»Dieser kleine Seitenhieb war auf mich gemünzt, Pat. Sie und ich haben zumindest eines gemeinsam.«

»Sie meinen, daß Sie auch eine Bank ausgeraubt haben?«

»Nur einen Safe, einen Tresor in der Universität, an der ich Assistent war.« Er lächelte säuerlich und schüttelte den Kopf. »Ich habe ungefähr genausoviel Dreck am Stecken wie Sie, mußte allerdings nicht ins Gefängnis dafür. Manchmal frage ich mich, ob es nicht vielleicht eine Chance gewesen wäre, ob ich nicht besser dran gewesen wäre, wenn . . .«

»Nein«, sagte ich. »Niemand ist damit besser dran.«

»Das ist etwas, das ich vermutlich nie rauskriegen werde. Wie wär's mit noch einem Drink?«

Ich holte die Flasche und brachte sie mit zum Tisch. Er goß noch etwas auf den Drink, den ich ihm eingeschenkt hatte, und schluckte das meiste davon auf einmal. Er schüttelte sich und schmatzte mit den Lippen.

»Das Ganze ist vor ungefähr zehn Jahren passiert, Pat«, sagte er, und dann fing er an zu erzählen. »Ich war ungefähr in Ihrem Alter, vielleicht ein paar Jahre älter, und meine Aussichten waren ziemlich mies. Ich hatte die besten Jahre meines Lebens damit zugebracht, mich für meine Ausbildung abzurackern, krummzulegen und zu hungern – und alles, was ich davon hatte, war eine Assistentenstelle an einem Provinzcollege. Ich konnte mir ausrechnen, daß es noch Jahre dauern würde, bis ich besser dastehen würde – bis man mir eine Vollprofessur geben würde oder schließlich, wenn ich Glück hatte, eine Stelle als Abteilungsleiter. Das letzte, was ich, unter praktischen Aspekten betrachtet, hätte tun sollen, war zu heiraten. Ich heiratete trotzdem.«

Er trank noch einen und schaute mich über den Rand seines Glases hinweg an. »Ich sehe, daß Ihnen die Bedeutung des Ganzen nicht recht klar ist, Pat. Sie können nicht verstehen, was es bedeutet, ein Einkommen zu haben, das auf einer bestimmten, unabänderlichen Höhe liegt, und Verpflichtungen einzugehen, die dadurch in keiner Weise abgedeckt werden. Wir haben es natürlich auch nicht so vorgehabt. Lila war eine meiner Studentinnen, und sie schlug sich genauso durch, wie ich es getan hatte. Wir wollten die ganze Sache geheimhalten, bis sie fertig war und ich – oder wir beide zusammen – genug Geld hatten, um eine Existenz zu gründen. So hatten wir es geplant.

Was passierte, war, daß sie schwanger wurde. Sie mußte vom College abgehen und ihre Halbtagsarbeit aufgeben. Sie brauchte

Geld, und sie würde nach der Geburt noch mehr brauchen. Ich habe es für sie beschafft – an einem Tag ... als der Verwaltungsleiter nicht in seinem Büro war und der Safe offen stand.«

»Doc«, sagte ich, als er ein paar Sekunden geschwiegen hatte. »Sind Sie sicher, daß Sie mir all dies erzählen wollen?«

»Ich – ich glaube schon.« Er rieb sich die Augen. »Was das Geld betrifft, es hat nicht besonders lange gedauert, bis sie festgestellt haben, daß es fehlte, und sie konnten auch beweisen, daß ich es genommen hatte. Ich habe es zugegeben und gesagt, daß ich es beim Spielen verloren hätte. Ich mußte kündigen, und die Polizei gab mir vierundzwanzig Stunden, um die Stadt zu verlassen. Ich wagte nicht, zu Lila zu gehen. Ich hatte sogar Angst, sie zu benachrichtigen. Sie brauchte dieses Geld, verstehen Sie? Sie brauchte es einfach.

Ich ging so weit weg, wie ich konnte, und kam hierher. Ich mietete mir ein Büro mit geliehenem Geld und schlief nachts auf dem Fußboden. Ich kochte mir mein Essen selbst, wenn ich Geld hatte, etwas zum Essen zu kaufen. Innerhalb eines Jahres hatte ich mir eine ganz gute Praxis als Psychologe aufgebaut, und so ließ ich sie nachkommen. Zuvor hatte ich ihr einen Brief geschrieben. Ich hatte keine Adresse angegeben, noch habe ich ihn unterschrieben. Ich hatte Angst, mehr zu schreiben, als daß es mir gut ging und sie sich keine Sorgen zu machen bräuchte.

Nun ja, Pat, sie kam hierher. Allein. Ich werde nie ihr Gesicht vergessen, als ich sie fragte, wo das Baby ist. Ich – verstehen Sie – sie hatte geglaubt, ich hätte sie verlassen. All diese Monate lang hatte sie das gedacht. Das Kind kam tot zur Welt.«

»Das tut mir leid, Doc«, sagte ich. »Aber trotzdem, es war nicht Ihre Schuld.«

»Ich glaube, Sie und ich können das nicht besonders gut beurteilen, Pat«, sagte er langsam. »Wir haben nicht das Zeug dazu ... ein Urteil abzugeben über irgendwas, das sie betrifft. Wollen Sie auch noch den Rest der Geschichte hören?«

»Wenn es Ihnen nichts ausmacht.«

»Viel ist da nicht mehr. Um die Praxis zu eröffnen, mußte ich meinen richtigen Namen angaben, und es hat nicht lange gedauert, bis meine Vergangenheit mich einholte. Die Leute haben herausgefunden, wer ich war. Sie haben es herausgefunden, aber es war schon ein bißchen zu spät. Ein Psychologe erfährt Dinge, die einen in Verlegenheit bringen können, und in einer Hauptstadt erfährt man ungewöhnlich viele solcher Dinge. Als die Standesorganisationen anfingen, über mich herzufallen, hatte ich meinen Fuß schon in der Tür. Ich mußte meine Praxis schließen, aber ich war drin, und ich blieb drin.«

»Und jetzt wäre es ihnen lieber, Sie wären aus der ganzen Sache raus?« sagte ich.

»Natürlich.« Er zuckte mit den Achseln. »Ich habe in dieses Spiel immer genausowenig hineingehört wie Sie nach Sandstone. Abgesehen davon, daß ich ständig Dinge tue, die meinen Instinkten und meiner Bildung zuwiderlaufen, passe ich einfach nicht dazu. Ich kenne mich kaum aus. Ich hatte zu Anfang ein paar Kontakte, und ich habe dieses Haus benutzt, um sie auszubauen. Aber ich war dabei abhängig von Leuten wie – nun ja – unserem Freund Hardesty zum Beispiel, die mich in die richtige Richtung dirigierten. Sich bei diesem Spiel auf irgend jemanden verlassen zu müssen, bringt ernsthafte Nachteile mit sich.«

»Ja«, sagte ich. »Das kann ich mir vorstellen.«

Er streckte sich träge, stand auf und schaute stirnrunzelnd zu der kleinen Uhr auf dem Schreibtisch. »Nun, ich mach' mich jetzt auf den Weg. Ich wollte gar nicht solange bleiben, aber ich dachte, ich erzähle Ihnen das alles, damit Sie sich keine Gedanken mehr darüber zu machen brauchen.«

Henry brachte mein Abendessen und machte den Teppich sauber. Ich aß, packte die Kleider aus, die aus dem Laden gekommen waren, und versuchte zu lesen. Ich konnte nicht. Ich ging zu Bett; ich konnte nicht einschlafen.

10

Doc kam am nächsten Morgen herein, als ich beim Frühstück saß, und setzte sich auf das Bett. Er fragte, ob ich gut geschlafen hätte, und meinte, daß ich in dem neuen Anzug gut aussehen würde. Meine Antworten waren höflich. Es wurde nicht viel gesprochen, bis wir das Kapitol erreichten.

Am Fuß der langen Treppe zum Haupteingang räusperte er sich und sprach mit einem Anflug von Verlegenheit:

»Ich weiß, daß Sie ebenso wie ich bemüht sind, einen ungünstigen Eindruck zu vermeiden. Falls Mrs. Luther wieder einmal Ihr

Zimmer aufsuchen sollte, ist es das beste, wenn Sie die Tür offen lassen.«

»Wie bitte?« sagte ich, drehte mich auf dem Absatz um und starrte ihn an. »Aber Doc –«

Ich sprach nicht weiter, obwohl es mich einige Überwindung kostete. Aus seinem Gesicht schlug mir die sture Verlegenheit eines Kindes entgegen, und ich hielt den Mund. Wieder und wieder hatte er sich eingeredet, daß Lila nichts Unrechtes tun würde. Und wenn sie es nicht war, mußte es jemand anders sein. Das war das.

»In Ordnung, Doc«, sagte ich, »ich werd's mir merken.«

»Fein«, sagte er. »Glauben Sie, daß Sie problemlos nach Hause kommen, heute abend? Ich weiß nicht, wann ich wegkomme, und Sie wissen natürlich auch noch nicht, wann Sie Dienstschluß haben.«

Ich sagte ihm, ich würde schon allein zurechtkommen, und er eilte davon.

Innerlich vor Wut kochend ging ich zum Straßenbauamt.

Es lag im Erdgeschoß des Gebäudes und nahm einen ganzen Flügel ein. Ein langer Schalter gegenüber den Eingangstüren erstreckte sich über die gesamte Länge des Trakts.

Als ich ankam, war es neun Uhr, und niemand war da.

Um Viertel nach neun betrat ein Beamter von der Autozulassungsstelle seinen Verschlag und zeigte mir den Weg zu Flemings Büro.

Ich ging den Flur entlang, bis ich schließlich zu einer Tür gelangte. Dahinter lag ein Empfangsraum mit einem riesigen Schreibtisch vom Typ Leitender Verwaltungsbeamter und einem weißen Ledersofa mit passenden Sesseln. Ich klopfte an eine Tür mit dem Schild »Privat« und versuchte es auch am Knauf. Ich setzte mich in einen der Sessel und zündete mir eine Zigarette an.

Der nächste Aschenbecher stand neben dem Schreibtisch. Ich stand auf, um ihn zu mir herüberzurücken, als die Tür hinter mir geöffnet wurde und eine Frau atemlos hereingerauscht kam. Sie war ungefähr fünfzig, sah gepflegt aus und hatte ein markantes Gesicht.

»Was tun Sie hier?« wollte sie wissen. Und bevor ich antworten konnte, war sie schon an mir vorbeigefegt und machte sich daran, die Schubladen des Schreibtisches zu untersuchen.

»Fehlt was«, fragte ich.

»Was wollen Sie?«

»Ich sollte Mr. Fleming wegen einer Anstellung treffen«, sagte ich, »ich bin Patrick Cosgrove.«

Sie schenkte mir nur ein gequältes Lächeln. »Ich bin Mr. Flemings Sekretärin. Ich erinnere mich nicht, daß er Ihren Namen erwähnt hätte.«

»Senator Burkman hat mit ihm darüber geredet.«

»Oh.« Ihr Gesicht hellte sich auf. »*Burkman!* Dann ist ja alles klar. Es ist ihm vermutlich entfallen.«

»Wann wird Mr. Fleming denn hier sein«, fragte ich.

»Ich bin nicht sicher, ob er Zeit für Sie haben wird, wenn er kommt. Na gut, kommen Sie in einer Stunde oder so wieder, wenn Sie wollen. Ich werde sehen, was ich tun kann.«

Ich dankte ihr und ging – alles andere als glücklich über die Situation. Ich dachte mir, daß es besser wäre, die Sache noch mal mit Doc durchzusprechen, bevor ich wieder zu Flemings Büro ging, und so machte ich mich auf den Weg ins Restaurant, in der Hoffnung, ihn dort zu treffen.

Er war nicht da, und Burkman auch nicht. Ich wollte gerade wieder gehen, da hörte ich Hardesty nach mir rufen. Er saß allein am Tisch.

»Wie geht's, Pat?« Er stand auf, strahlte mich an und gab mir die Hand. »Setzen Sie sich doch. Sind ziemlich früh dran, oder. Sind Sie alleine hier?«

»Ich dachte nicht, daß ich zu früh bin«, sagte ich, »aber mittlerweile glaube ich es auch. Ich habe Doc gesucht.«

»Er ist beschäftigt. Kann ich irgendwas für Sie tun?«

»Es geht um den Job, den ich kriegen sollte. Ich dachte, beim Straßenbauamt wäre alles geregelt, aber ich bin mir jetzt nicht mehr so sicher.«

»Nun denn«, sagte er. »Das reicht auf keinen Fall. Erzählen Sie mir, was los ist.«

»Mr. Fleming war nicht in seinem Büro, und seine Sekretärin hat mich praktisch hinausgeworfen. Sie sagte, ich könne später wiederkommen, aber ich habe den Eindruck, daß mir das nicht sonderlich viel nützen wird.«

»Also seh'n wir mal – Sie werden von Burkman protegiert, nicht wahr? Hmm, das ist nicht so gut.«

»Sie glauben nicht, daß ich den Job kriege?«

»Oh, doch. Sie werden Ihre Stelle kriegen. Ich habe die Angelegenheit nur, äh, objektiv überdacht.« Er nickte mit dem Kopf. »Fleming sitzt ein paar Tische weiter. Sobald er gehen will, erwischen wir ihn.«

»Vielen Dank«, sagte ich. »Ich habe mir schon Gedanken gemacht.«

»Ist mir ein Vergnügen. Macht überhaupt keine Umstände.« Er

rührte nachdenklich in seinem Kaffee herum und lächelte warmherzig und selbstsicher.

»War ein ziemliches Durcheinander mit uns gestern, hm?«

»Es tut mir leid«, sagte ich. »Ich werde zusehen, daß so etwas nicht wieder vorkommt.«

»Oh, ich mache Ihnen keinen Vorwurf. Ich war nur etwas verärgert über Doc. Schließlich hatte ich mit Ihrer Bewährung genausoviel Mühe wie er, und er hätte Ihnen das im voraus sagen können.«

»Vermutlich haben Sie recht«, sagte ich vorsichtig.

»Ein erster Fehltritt – etwas wie das, was gestern passiert ist beispielsweise – und weder Doc noch irgendwer sonst kann verhindern, daß Sie wieder nach Sandstone müssen. Doc hätte Sie genausogut selbst . . .«

»Ja?«

»Oh, nun, vermutlich sollte ich so was nicht sagen.«

Er hätte genausogut sagen können, daß Doc selbst auf die Idee kommen könnte, mich ins Gefängnis zurückschicken zu lassen.

»Warum kommen Sie nicht mal bei mir im Büro vorbei, Pat? Ich denke, es gibt eine Menge Dinge, über die wir uns einmal unterhalten sollten.«

»Gern«, sagte ich.

»Gut!« Er lächelte. »Nun, hier kommt unser Mann. Fleming! Einen Moment.«

Ein hochgewachsener, fetter Mann wandte sich langsam von einer Gruppe ab, die auf dem Weg zur Tür war, und schaute säuerlich zu uns hin. Hardesty packte mich beim Arm und zog mich mit.

»Mr. Fleming, ich möchte, daß Sie Pat Cosgrove kennenlernen«, sagte er herzlich. »Pat soll in Ihrer Abteilung arbeiten, wissen Sie.«

»Arbeiten?« Fleming nahm seine Zigarre aus dem Mund. Seine Finger waren fett und hart, und er berührte meine Hand kaum. »Sehen Sie nie auf den Kalender, Hardesty?«

Hardesty lachte. »Pat ist ein guter Freund von Burkman. Der Senator hat mit Ihnen über ihn gesprochen.«

»Burkman ist eine gottverdammte Plage«, sagte Fleming, und eine unangenehme Erinnerung flackerte in seinen kleinen Augen auf.

»Pat ist in den Startlöchern und wartet nur darauf, daß es losgeht«, sagte Hardesty jovial. »Möchten Sie hier mit ihm reden oder oben in Ihrem Büro?«

Der fette Mann grunzte. »Büro. Geh'n Sie zu Rita.« Ohne ein weiteres Wort drehte er sich um und walzte davon.

»Das ist seine Sekretärin«, erklärte Hardesty. »Rita Kennedy. Bis Sie dort sind, hat er sie schon angerufen.«

»Ist alles geklärt?«

»Sicher. Sie wird Sie irgendwo unterbringen.« Er klopfte mir auf die Schulter. »Ich muß mich jetzt beeilen. Vergessen Sie nicht die andere Sache.«

»Ich denke dran.«

Ich ging wieder in Flemings Büro, war mir meiner Sache allerdings nicht besonders sicher. Aber in dem Moment, als ich zur Tür hereinkam, wußte ich, daß ich den Job hatte. Rita Kennedy war nicht gerade außer sich vor Freude, aber sie schenkte mir eines ihrer schmallippigen Lächeln und bedeutete mir, daß ich mir einen Sessel zum Schreibtisch hinrücken sollte.

»In Ordnung, Pat«, sagte sie aufmunternd und zog einen schweren Aktenordner aus dem Schreibtisch hervor. »Ich glaube, jetzt ist alles geregelt. Hier sind Ihre Fahrtenbücher, das sind die Formulare für die Tagesspesen – Sie haben Anspruch auf einen Dollar pro Essen –, und das ist die Berechtigungskarte für den Wagen. Sie wissen, wo die Staatsgarage ist – einfach zwei Blocks nach Süden.«

»Ja, Ma'am«, sagte ich. »Aber . . .«

»Oh, ja, ich wußte, daß ich noch was vergessen habe. Einen Moment bitte.«

Sie stand auf, schloß die Schreibtischschubladen ab und eilte zu den Hauptbüros. Ein oder zwei Minuten später kam sie mit einem dicken Stoß vervielfältigter Formulare zurück.

»Das sind die Übersichts- und Kontrollformulare, Pat. Sie nehmen für jeden Tag eins. Sie können sie, sobald Sie damit durch sind, alle drei bis vier Tage abgeben.«

»Ich verstehe.« Ich nickte. »Aber was soll ich damit anfangen, Miss Kennedy?«

»Den Mund halten und Ihren Wagen nicht zu lange vor Bierbuden parken. Die Zeitungen sind wegen solchem Kram übel auf uns herumgeritten.«

»Aber . . . oh . . .«, sagte ich.

»Sie sollten sich auf die Socken machen.« Sie lächelte schwach und drängte mich zur Tür. »Vergessen Sie nicht, was ich über Bierbuden gesagt habe.«

»Ich werd's mir merken«, sagte ich.

Ich verließ das Kapitol und ging südwärts. Ich dachte nach, fragte mich, warum ich mich meiner schämen sollte.

Vor etwas mehr als fünfzehn Jahren hatte ich an einem Tag wie diesem die First State Bank in Selby betreten und mein großkalibriges Gewehr auf den Kassierer gerichtet. Ich kann Ihnen nicht sagen, warum ich es getan habe. Ich weiß nur, daß es keine Absicht war. Ich war auf dem Weg zum Fluß, um zu jagen, als ich feststellte, daß ich nur zwei Patronen hatte. Als ich in die Bank ging, hatte ich lediglich vor, einen Dollar von meinem Sparkonto abzuheben.

Es war ungefähr Mittag, und der alte Briggs, der Kassierer, war allein. Ich trug das Gewehr bei mir, weil ich es nicht in meinem heruntergekommenen Modell T liegenlassen wollte.

Briggs schaute mich komisch an und hob die Hände ein wenig. Dann hob er sie höher, und sein Blick war verängstigt, und ich stotterte irgend etwas wie: »N-enin, es ist nicht – ich, ich will gar nicht – ich – ich – ich werd' Ihnen nichts tun, Mr. Briggs.«

Er kippte in seinem Käfig um und fiel zu Boden, und ich war drauf und dran, auf die Straße zu rennen und um Hilfe zu rufen. Statt dessen griff ich mir ein halbes Dutzend Banknotenbündel und stopfte sie mir in den Pullover. Das meiste davon fiel heraus, als ich aus der Tür lief.

Mein Wagen stand um die Ecke, und auf dem Trittbrett saß Sheriff Nick Nickerson. »Wollt' dich mal sehn, Kleiner. Ich denk', ich krieg's hin, daß du nächsten Herbst zur Uni kannst.« »Mann«, sagte ich, »danke, Mr. Nickerson.« »Hab' meinem Neffen da oben geschrieben, und er meint, wenn du dich in seiner Werkstatt nützlich machst, kannst du bei ihm unterkommen und kriegst noch ein Taschengeld.« »Das ist großartig«, sagte ich, »das Schulgeld und das Geld für die Bücher krieg' ich zusammen.« »War mir ein Vergnügen. Für'n aufgeweckten jungen Kerl ist das hier nichts. Sieht so aus, daß sie um so schneller verderben, je aufgeweckter sie sind.« Ich dankte ihm noch mal und stieg ein. Und dann schrillte die Alarmglocke in der Bank los, und er rannte hin, und ich fuhr weg. Langsam. Ich war ganz benebelt. Dann fuhr ich schneller. So schnell ich konnte.

Ungefähr eine halbe Meile außerhalb der Stadt fing der Wagen an zu spucken und zu knattern, und ich wußte, daß ich fast kein Benzin mehr hatte. Ich bog beim Flugplatz ab und fuhr quer über das Feld.

Frank Miller versuchte gerade, den Propeller seiner zusammengeflickten alten dreisitzigen Maschine anzuwerfen. Sie sprang an, und er rannte um sie herum, um hineinzuklettern. Ich war schon ausgestiegen und kletterte ihm nach. Auf den Passagiersitzen saß Richter Lipscomb Lacy. Er wog über dreihundert Pfund und belegte alle beide in ganzer Breite. Frank sagte: »Was zur Holle tust du hier, Red? Richter Lacy hat wichtige Geschäfte in der Stadt, und –« »Mach los«, sagte ich, »ich blas' dich um, Frank. Ich – ich blas dich um, ich schwör' bei Gott, ich tu's wirklich.«

Ich zwängte mich hinein, dabei rammte sich das Gewehr genau in Richter Lacys Bauch, und ich sagte, ich würde sie beide umblasen, ich würde ihn umblasen, wenn Frank nicht tun würde, was ich sagte, und dann würde ich Frank wegpusten. Richter Lacy fielen die Augen zu, sein Gesicht wurde ganz grün, und sein Kopf kippte zur Seite.

Frank sagte: »In Ordnung, du verrückter Mistkerl!« Und dann waren wir in der Luft. Und wieder am Boden. Es ging auf und ab, und wir schaukelten von einer Seite zur anderen.

»Wir kommen nicht hoch, Red. Bei Gott – ehrlich – wir schaffen's nicht.« »Ich weiß«, sagte ich. »Du willst, daß ich ihn rausschmeiße?« »Ich glaub' nicht. Er sieht fürchterlich elend aus.« »Was zum Teufel willst du überhaupt?« »Ich weiß nicht.«

Die Flugzeugtür ging auf – sie ging eine ganze Zeit später auf, und draußen standen eine Menge Leute. Und Sheriff Nickerson langte herein und nahm mir das Gewehr aus der Hand. »Komm schon, Kleiner«, sagte er. »Du kommst jetzt erst mal mit, und dann seh'n wir weiter.« Also stieg ich aus, und alles war vorbei. Alles vorbei, bis auf den Prozeß. Ich hatte einen Pflichtverteidiger, und Richter Lipscomb Lacy führte den Vorsitz.

... Ich hatte mich deswegen nie geschämt. Ich schämte mich auch jetzt nicht. Nicht deswegen.

Der Garagenvorsteher schaute auf meine Berechtigungskarte und schickte mich zu einem jungen Neger im Overall. Er führte mich an den Motorrädern und Streifenwagen vorbei nach hinten.

»Ja, Sir«, sagte er und blieb stehen. »Was für'n Auto woll'n Sie denn jetzt?«

»Ich kann mir eins aussuchen?« fragte ich.

»Ja-woll. Also, ich glaub' nich', daß ich ein'n von den dicken Schlitten da nehmen würd'. Da drüben, das is'n mächtig hübsches kleines Coupé. Hat sich auch noch keiner unter'n Nagel gerissen.«

Es war praktisch neu – ganz schwarz, ohne Aufschrift. Nur die Nummernschilder ließen erkennen, daß es ein Behördenwagen war.

»Der ist in Ordnung«, sagte ich, »wann soll ich ihn zurückbringen?«

»Sie leben hier in der Stadt, Sir?«

»Ja«, sagte ich.

»Nun, die meisten Herrn, wo in der Stadt wohnen, behalten ihre Wagen einfach.«

»Das klingt, als wär's 'ne ganz gute Regelung«, sagte ich.

»Ja, Sir«, er grinste. »Hat sich auch noch kaum einer drüber beschwert.«

Ich gab ihm einen Dollar Trinkgeld, legte meine Papiere auf den Rücksitz und fuhr davon.

11

Madeline Flournoys Apartment lag im ersten Stock eines zweigeschossigen Backsteinhauses am Rand der Innenstadt. Im Erdgeschoß befand sich ein Möbelgeschäft. Der Eingang zum ersten Stock lag in einer Seitenstraße, und das Haus hatte auf dieser Seite keine Fenster. Auf der gegenüberliegenden Straßenseite erhob sich die kahle Wand eines Lagerhauses.

Am Ende der Treppe war eine Tür, und ein paar Schritte den Flur entlang gab es noch eine zweite. Ich zögerte erst einmal, dann fiel mir wieder ein, daß unten nur ein Briefkasten hing – beide Türen gehörten zu ihrer Wohnung. Ich klopfte bei der ersten an.

Fast augenblicklich wurde sie geöffnet.

»Gegangen oder gefahren?« Sie schien nicht überrascht, mich zu sehen. »Wo haben Sie Ihren Wagen geparkt?«

»Zwei Blocks die Straße runter. Auf einem Parkplatz.«

»Kommen Sie doch rein.«

Sie trug Shorts, sehr kurze Shorts und ein graues Baumwoll-Sweatshirt. Ihre Füße und Beine waren nackt. Sie hatte ihren Pferdeschwanz mit einer Haarnadel hochgesteckt, so daß sein krauses Ende an der Stirn wie ein kleiner Pinsel nach vorne ragte.

»Schaun Sie bloß nicht da rein«, sagte sie, und der Pinsel wippte auf und ab. Ich schaute natürlich hinein. Es war ihr Schlafzimmer, und das Bett war ungemacht. »Ich bin gerade erst aufgestanden.«

»Dieser Doc«, gähnte sie, »ihm ist nichts zu mühsam, solange es nur jemand anders erledigen muß.«

»Ziemlich lange aufgewesen?« sagte ich.

»Hmmm. Kommen Sie doch mit. Ich brauch' jetzt erst mal einen Kaffee.«

»Vielleicht sollte ich Ihnen sagen, daß Doc mich davor gewarnt hat, mich mit Ihnen zu treffen.«

»Also so was«, sagte sie. »Er kann Leuten wirklich Vorschriften machen. Wer zur Hölle ist er denn, daß er uns sagen könnte, was wir zu tun und zu lassen haben?«

»Na ja«, sagte ich. »Was mich angeht, ist er in einer ziemlich guten Position.«

»Ja?« Sie schaute mich erstaunt an. »Nun, er wird es sowieso nicht mitkriegen. Tagsüber kommt hier nie jemand vorbei. Wirklich.«

Sie zog mich ungeduldig am Arm, und ich ging mit ihr.

Zur Rechten lag ein Durchgangszimmer, das von einem abgewetzten Plüschsofa fast vollständig ausgefüllt wurde. Sie schloß die Tür zum Wohnzimmer, drückte mich auf das Sofa und zwängte sich an meinen Knien vorbei, um in die Küche zu gehen.

Sie kam mit zwei Tassen Kaffee zurück und gab mir eine davon. Dann setzte sie sich hin, oder besser gesagt, sie kniete sich neben mich.

»Sie legen auch besser die Beine hoch«, sagte sie. »Sie haben ja kaum Platz.«

»Es ist schon in Ordnung so«, sagte ich.

»Was rutschen sie so rum?« sagte sie augenzwinkernd. »Müssen Sie mal? Die Toilette ist da drüben.«

»Danke, nein«, sagte ich.

»Jetzt sehn Sie mal.« Sie schüttelte den Kopf, und der kleine Pinsel wippte wieder hin und her. »Die Tür ist zu, und zwischen uns und dem Hausflur liegen diese anderen Zimmer. Und außerdem kommt tagsüber wirklich niemand hierher. Mein Gott – wenn ich gewußt hätte, daß Sie so ein Angsthase sind ...«

»Ich dachte, Sie wüßten Bescheid«, sagte ich, »andernfalls wäre ich heute nämlich gar nicht hergekommen. Es könnte nämlich sein, daß Sie mich gar nicht mehr so unbedingt kennenlernen wollen.«

»Bescheid wissen worüber? Was sollte ich denn wissen?«

»Ich bin gerade erst aus Sandstone entlassen worden«, sagte ich. »Doc hat meine Bewährung durchgesetzt.«

»Oh«, sagte sie leise.

»Fünfzehn Jahre. Wegen Bankraub.«

»Das tut mir schrecklich leid, Pat. Wie alt waren Sie?«

»Fast achtzehn.«

»Fast achtzehn«, sagte sie. »Ist jemand verletzt worden?«

»Ich habe noch nicht mal Geld abgestaubt«, sagte ich, erzählte ihr in groben Zügen die ganze Sache und mußte seltsamerweise selber drüber lachen.

Sie kicherte fröhlich. Sie schaukelte auf ihren Knien und drückte ihren Kopf an meine Schulter.

Ich stellte meine Tasse auf den Boden und legte meinen Arm um sie. Sie hob den Kopf und schaute mich an.

»Ich – ich bin noch nie jemandem wie dir begegnet«, sagte ich.

»Natürlich nicht«, sagte sie prompt. »So jemand wird dir auch so schnell nicht wieder über den Weg laufen.«

»Ich bin in einer seltsamen Situation. Ich kann dir manche Dinge nicht sagen, wie ich es gern tun würde – Dinge, die ein Mann normalerweise sagen würde.«

»Ja«, sagte sie. »Allerdings.«

»Nun –« Ich war durch ihre Antwort etwas verwirrt. »Dann sind wir uns ja anscheinend einig.«

»Hast du dir schon mal Gedanken darüber gemacht, daß meine Situation unter Umständen auch recht seltsam sein könnte?«

»Hab' ich«, sagte ich, »und es ist mir keineswegs egal.«

»Warum?«

»Weil ich dich mag. Und das ist noch untertrieben. Um es genau zu erklären, müßte ich in die Einzelheiten dessen gehen, was meiner Ansicht nach deine Lage so verzwickt macht.«

»Wir machen hier eine kurze Pause«, sagte sie, »während der Madame Flournoy in Trance fällt, um Professor Cosgroves Botschaft zu enträtseln.«

»Ich glaube, du weißt, was ich meine.«

»Ruhe«, sagte sie. Sie drehte sich um, legte sich hin und ließ ihren Kopf in meinen Schoß sinken.

Ich beugte mich vor und küßte sie. Sie küßte mich zweimal kurz und drehte dann den Kopf zur Seite. Es war etwas Besonderes, so warm und vertrauensvoll und voller Unschuld, daß ich am liebsten meine Hände in den Taschen vergraben hätte. Und dort hätten sie auch bleiben sollen, und wenn ich mich zur Not hätte draufsetzen müssen. Aber natürlich war nichts damit.

Sie schlug die Augen auf und schaute zu mir hoch. Dann hob sie die Hand, legte ihren Finger auf meine Lippen und bewegte ihn auf und ab. Dann ließ sie ihre Hand wieder sinken und legte sie auf meine.

»Möchtest du das auch gern bei mir machen, Pat?«

»Nur, wenn du es auch magst.«

»Ich möchte das. Obwohl sie davon vermutlich größer werden, und groß genug sind sie eigentlich jetzt schon. Aber mir macht es nichts aus. Ganz einfach. Ich glaube allerdings, daß es dir was ausmacht.«

»Es ist nett, daß du an mich denkst«, sagte ich. Und dann runzelte ich die Stirn. »Was hast du mit – mit all dem hier zu tun?«

»Und du?«

»Das ist wohl kaum dasselbe.«

»Nein?« sagte sie. »Du hast etwas getan, ohne zu überlegen – einfach, weil es ganz leicht zu sein schien und recht vielversprechend aussah –, und du warst außerdem zu jung, um die möglichen Konsequenzen abzuschätzen. Bei mir ist es ganz genauso.«

Ich zündete mir eine Zigarette an und schnippte das Streichholz in meine Untertasse. Sie spitzte die Lippen und zwinkerte mir zu, und ich hielt ihr die Zigarette hin, und sie nahm einen langen, tiefen Zug.

»Nun?« sagte sie und blies ein paar Ringe in die Luft.

»Ich kann mir nicht vorstellen«, sagte ich, »daß du dich längere Zeit mit was abfindest, was dir nicht paßt.«

»Du hast dich mit Sandstone abgefunden, oder?«

Sie zog noch mal und schüttelte heftig ihren Kopf. »Als ich dich auf der Treppe vom Kapitol gestern zum erstenmal gesehen hab' – doch, doch, ich hab' dich wirklich gesehen – da dachte ich, da, das isses –«

»Ich habe dasselbe gedacht.«

»Ich weiß, Honey.« Sie tätschelte mein Gesicht. »Und ich hatte mir vorgenommen, daß ich auf dem Rückweg mit dir zusammenstoße, oder was fallen lasse, oder vor dir stolpere. Und dann stellt sich raus, daß du auch mit Doc zu tun hast, und mir ist ganz anders geworden. Aber trotzdem . . .«

»Ich weiß«, sagte ich.

»Und jetzt bist du hier, und ich kann nicht so sein, wie du es vielleicht erwartest und wie ich selbst gern sein möchte. Ehrlich, Liebling, bei Gott. Es geht einfach nicht! Weil es mir zu viel bedeutet, und ich möchte, daß es für dich das gleiche ist. Und jetzt – gerade jetzt – wäre es nicht so.«

»Das ist schon in Ordnung«, sagte ich.

»Ist es nicht! Es ist überhaupt nicht in Ordnung! Aber wenn du ein bißchen Geduld hast, Pat, bis wir selbst bestimmen können . . .«

»Das wird bei mir eine ganze Weile dauern, Madeline.«

»Vielleicht auch nicht. Du mußt ein paar ziemlich wichtige Freunde haben, daß du Doc dazu bringen konntest, etwas für dich zu tun. Wenn die ihn veranlassen konnten, deine Bewährung durchzuboxen, können sie ihn wahrscheinlich auch dazu bewegen, eine Begnadigung herauszuholen . . . Hab' ich was Falsches gesagt?«

»Ich habe keine Freunde«, sagte ich. »Doc hat mich von sich aus herausgeholt.«

»Hm?« Sie gestikulierte mit der Hand in der Luft. »Du meinst, einfach so?«

»Einfach so.« Ich erzählte ihr von dem Brief, den ich ihm geschrieben hatte. »Ich habe ihn nie zuvor gesehen.«

»Aber warum hat er das getan, Pat? Du hast nicht eingewilligt – du hast nichts versprochen –«

»Was sollte ich denn schon versprechen?« sagte ich.

»Aber –«

»Ich weiß«, sagte ich. »Es muß einen Grund dafür geben. Aber der einzige, den ich mir vorstellen kann, ergibt keinen Sinn. Daß ich für ihn von Nutzen bin oder sein werde, nur weil ich bin, was ich bin. Daß er es sich so gedacht hat.«

»Gedacht?«

»Es ist nur so eine Ahnung«, nickte ich. »Er hatte einen Grund, mich da herauszuholen; jemand anders hatte auch einen. Wenn sein Plan nicht hinhaut, tut es der andere.«

»Aber Pat, *das* macht keinen Sinn«, sagte sie. »Glaub mir, Pat, dieser Kerl weiß, was er tut. Immer. Ich arbeite seit Jahren für ihn, und ich habe jedes seiner beschissenen Geschäfte mitgekriegt. Ich – ich –«

»Denk nicht groß drüber nach«, sagte ich. »Für jemanden, der nicht mühsam lernen mußte zu überleben, kannst du es ziemlich gut!«

»Was? Ich versteh' nicht.«

»Lügen. So tun als ob. Du bist Docs rechte Hand. Du hast gewußt, daß er mich aus Sandstone rausgeholt hat. Du weißt auch, warum er es getan hat. Warum willst du es mir nicht sagen? Was hat er gegen dich in der Hand, daß du solche Angst hast zu reden?«

»Ist das der Grund, warum du hergekommen bist? Um mich auszuquetschen?«

»Ich hatte geglaubt, daß ich dich gar nicht erst ausquetschen müßte.

Ich dachte, daß du für mich ungefähr so empfindest wie ich für dich. Ich –«

»Aber das tu ich doch auch, Pat!« Sie richtete sich auf und klammerte sich fest an mich. »Du mußt mir glauben, Liebling. Es geht mir wirklich so.«

»Dann sag es mir doch.«

»Laß, laß dich nicht von ihm dazu bringen, irgendwas zu tun, Pat! Sprich erst mit mir drüber! Tu nichts, ohne mit mir zu reden. Versprichst du mir das?«

»Ich –« Plötzlich spürte ich ein Kribbeln auf der Kopfhaut. »Hast du die Tür zum Hausflur abgesperrt?«

»Vermutlich nicht. Tagsüber kommt sowieso niemand her.«

»Irgendwer aber doch«, sagte ich und nickte zu der Glasscheibe in der Verbindungstür hin.

Genau in diesem Augenblick schaute er herein. Er grinste.

12

Er hatte ungefähr meine Größe, war allerdings schwerer als ich. Sein Mund war mit Kautabak verschmiert, so daß man seine schmalen Lippen kaum sehen konnte. Er hatte kleine, rotgeränderte Schweinsaugen, und seine Nase schien aus schmutzigem Fensterkitt gemacht.

Er trug eine blaue Sergeant-Uniform ohne Weste, einen grauen Hut mit hochgeklappter Krempe und schwarze Schnürstiefel. Hut und Schuhe waren fleckenlos sauber. Die Uniform nicht.

Ich wußte, wer er war, noch bevor er seinen Zahnstocher ausgespuckt hatte und seine Dienstmarke vorzeigte.

Ich nickte ihm zu und gab sie ihm wieder.

»Madeline, dieser Herr hier ist von der Bewährungsabteilung«, sagte ich. »Er hat mich bei einem ziemlich ernsten Verstoß gegen meine Bewährungsauflagen angetroffen.«

»Was!« Sie starrte ihn haßerfüllt an. »Das gibt ihm aber nicht im mindesten das Recht zum Hausfriedensbruch! Wo ist Ihr Durchsuchungsbefehl, Sie –«

»Du verstehst das nicht, Madeline. Dieser Herr hier kann dafür sorgen, daß ich wieder nach Sandstone zurückgeschickt werde. Also, mach erst mal die Tür zu, und schließ sie diesmal ab. Wir wollen doch nicht gestört werden, während wir uns unterhalten, oder Sir?«

Er grinste, und das Mißtrauen in seinen Augen schwand.

»Nun«, sagte ich lächelnd und sah ihm in die Augen. »Was hat Ihnen denn so vorgeschwebt, Sir? Wie wär's mit ein paar großen Scheinen?«

»Zwei?« Sein abstoßendes Gesicht hellte sich kurz auf und verzog sich dann zu einer Fratze. »Hm, hm. Nicht mal die Hälfte. Sagen wir fünf.«

»Würde das denn reichen?«

»Hab' ich doch gesagt, oder. Also einigen wir uns auf fünf.«

»Sie machen einen Fehler«, sagte ich. »Es ist mir wesentlich mehr wert als fünfhundert, wenn ich nur nicht wieder nach Sandstone zurück muß. Ich fürchte, ich kann Ihnen gar nicht sagen, wieviel es mir wert ist. Ich müßte es Ihnen zeigen. Also, erschrecken Sie jetzt nicht, Sir ...«

Er war verunsichert und geriet beinahe aus der Fassung. Aber ich fixierte seine Augen, und so stand er da und schaute zu, wie ich meinen Mantel ablegte und mein Hemd und dann das Unterhemd auszog.

Ich hörte, wie Madeline nach Luft schnappte.

Er mußte schlucken und stieß dann einen leisen Pfiff durch die Zähne aus. »Herrgott«, flüsterte er. *»Herr-Gott!«*

»Sie sehen diese Striemen, Sir?« sagte ich. »Nun, das war nichts Besonderes, relativ gesehen. Manchmal war es etwas lästig, wenn Stechmücken reingekrochen sind oder sie ganz verklebt waren mit Schweiß und Staub. Aber es war wirklich nichts Besonderes, verglichen mit meinen Rippen. Die hätten Sie mal sehen sollen, wie sie aus dem Fleisch rausgeplatzt sind wie Splitter durch eine Baumrinde. Sie hätten meinen Arm mal sehn sollen. Eines Tages hat ein Freund versucht, ihn mir abzuhacken. Jaja, ganz recht – ein Freund. Er ging für dreißig Tage ins Loch, und ich lag drei Wochen auf der Krankenstation. Ich hoffe, all das verwirrt Sie nicht allzusehr, Sir«, sagte ich. »Ich wollte Ihnen nur vor Augen führen, daß ich nicht genug Geld habe – und auch niemals haben werde –, um Sie dafür zu bezahlen, daß ich nicht wieder nach Sandstone zurück muß. Und das bringt uns wieder zu unserem Problem. Ich kann Ihnen nicht genug Geld geben – was muß ich also tun, um Ihnen zu zeigen, wie sehr ich Ihr Schweigen zu schätzen weiß? Was kann ich Ihnen geben ..., das ausreicht und ein für alle mal genug sein wird? So, daß Sie niemals mehr was von mir verlangen werden?«

Er machte einen Schritt zurück.

»P-paß von jetzt an besser auf, Red!« Seine Stimme brach ab, und er konnte nur noch quieken. »P-paß besser auf, l-lauf mir nicht über'n Weg! Is' nix passiert. W-war nur'n Witz, ist doch nix dabei, mal 'n Witz . . .«

Er stolperte und riß sich die Hände vor das Gesicht.

Ich verpaßte ihm mit den Handkanten einen Schlag auf beide Nieren gleichzeitig. Seine Arme senkten sich, und ich knallte ihm eine, daß er herumwirbelte. Ich zog seine Krawatte zusammen, so fest ich konnte, schlang sie ihm mit beiden Enden um den Hals und knotete sie in seinem Nacken zusammen.

Ich ließ ihn zu Boden sacken und sah zu, wie er sich herumwälzte und an seiner Gurgel kratzte und zerrte.

Wie von weither hörte ich Madeline sagen: »Er wird st-sterben, Pat. Laß ihn nicht sterben . . .«

»Ein paar Orangen«, sagte ich, »in einer Netztasche. Oder einen Mehlsack. Und etwas, um die Krawatte durchzuschneiden.«

»Was willst du mit den Orangen?«

»Du beeilst dich besser«, sagte ich und versetzte ihm einen Tritt, als er versuchte, an meinen Beinen hochzukrabbeln.

Sie kam mit einem Obstmesser und vier oder fünf Orangen in einem roten Netzbeutel zurückgerannt.

Ich schwang den Beutel mit beiden Händen. Er traf ihn an der Brust und legte ihn flach. Ich jagte ihm soviel Angst ein, wie er überhaupt nur haben konnte. Ich schlug ihn überall hin – auf den Brustkorb und in den Magen und gegen die Beine, und dann drehte ich ihn um und schlug ihn den Rücken rauf und runter.

Ich riß ihn hoch, schnitt die Krawatte durch und schleuderte ihn in einen Sessel. Er saß keuchend da, japste nach Luft und rieb sich die Kehle. Er rollte mit den Augen.

Ich ließ mir von Madeline eine Waschschüssel und einen Kamm bringen, und dann wusch ich ihm das Gesicht und kämmte ihm die Haare. Ich setzte ihm den Hut wieder auf und knöpfte ihm den Mantel zu.

»Verstehen Sie?« sagte ich. »Das bedeutet es.«

»Ich –« Er nickte nur mit dem Kopf. »Ich – ich ka-kapier' Sie.«

»Sie machen vermutlich keine Anzeige«, sagte ich, »und falls Sie's doch tun, werde ich eine Möglichkeit finden, Sie mir vorzuknöpfen. Ich habe nichts zu verlieren – im Gegensatz zu Ihnen. Also werde ich Sie mir vorknöpfen. Einmal. Das wird reichen.«

Ich deutete mit dem Daumen zur Tür. »Sie haben's gekriegt, behalten Sie's.«

Er war nicht verletzt. Niemand, der ernstlich verletzt gewesen wäre, hätte es geschafft, so schnell zur Tür hinauszukommen. Ich lachte ein wenig, als die Tür hinter ihm zuknallte.

Madeline grinste, aber es wirkte gequält und starr.

»Du siehst«, sagte ich, »ich habe ihn nicht umgebracht. Ich habe ihn nicht mal verletzt.«

»Was sollte dann die Sache ...?«

»Die Orangen? Das ist der alte Attrappentrick. Weißt du, das Ding mit dem vorgetäuschten Unfall.«

»Pat, ich glaube«, sagte sie langsam, »ich habe nicht besonders viel Ahnung von solchen Dingen.«

»Nun ja, ein Mann hat angeblich einen Unfall gehabt, aber es ist nichts zu sehen, was darauf hindeuten würde. Also nimmt sein Partner einen Sack Orangen und schlägt damit auf ihn ein. Er wird dadurch nicht ernstlich verletzt, aber er bekommt überall blaue Flecken. Er ist förmlich übersät von Blutergüssen.«

»Oh!«

»Unser Freund hat auf mich den Eindruck gemacht, als ob man ihm ziemlich leicht Angst einjagen kann. Vermutlich glaubt er bis an sein Lebensende, daß er eben gerade mal mit Mühe und Not dem Tod von der Schippe gesprungen ist.«

»Ja, war es denn nicht auch so ...?«

Ich hatte eigentlich geglaubt, daß ich die Sache erklärt hatte. »Nein«, sagte ich, »diesmal nicht.«

Ich bückte mich nach meinem Unterhemd und zog es wieder an. Ich nahm auch das Hemd und die Krawatte. Als ich nach meinem Mantel greifen wollte, kam sie mir zuvor und hielt ihn mir hin. Sie half mir hinein, und dann stand sie vor mir und umarmte mich.

»Ich verstehe es jetzt, Pat. Ach, Liebling, jetzt kann ich es wirklich verstehen.«

»Vielleicht«, sagte ich, »kannst du zuviel verstehen.«

»Schon gut, Pat. Ich mache dir keine Vorwürfe. Aber – ach, vergessen wir's einfach.«

»Ich hab' dir Angst eingejagt«, sagte ich, »als ich mit dem Kerl da eben so umgesprungen bin. Du hast Angst, daß ich mit Doc das gleiche veranstalte. So ist es doch, Madeline? Was hat er vor, daß du denkst, ich könnte ihn umbringen, wenn ich es herausfinde?«

Sie schüttelte störrisch den Kopf. »Ich kann dir nichts sagen, Pat. Gar nichts. Und wenn du mich liebst, wirst du mir das glauben.«

»In Ordnung«, sagte ich.

Sie drückte mich noch ein letztes Mal an sich. »Ich wette, daß alles in Ordnung kommt«, erklärte sie strahlend. »Wetten?«

»Ich wette«, sagte ich.

Ich wußte, daß sie weinte, als die Tür hinter mir ins Schloß fiel.

13

Hardesty hatte eine Büroetage im obersten Stockwerk des höchsten Gebäudes der Stadt. Zum Empfangsraum führten mehrere Türen, und alle trugen ein Schild mit der Aufschrift:

Hardesty & Hardesty
Rechtsanwälte

So neu das Gebäude war, so altmodisch wirkte das Vorzimmer, in dem eine mißgelaunte ältere Dame am Empfang thronte, deren Blicke mißtrauisch durch den Raum schweiften.

Ich machte meine Zigarette aus und legte die Hände übereinander. Nach einer Viertelstunde kam Hardesty aus dem Büro.

Er nickte mir zu und ließ einige Akten auf den Schreibtisch fallen.

»Ich bin bis Mittag beschäftigt, Mrs. Smithson«, sagte er, »bitte notieren Sie die Anrufe, ja.«

»Beschäftigt!« rief sie. »Sie haben um elf einen Termin bei Gericht.«

»Das kann Clark erledigen. Es ist nichts Wichtiges«, sagte er. »Kommen Sie doch rein, Pat.«

Sie grummelte mißmutig vor sich hin, und er lächelte etwas verlegen, als er die Tür hinter sich zumachte. »Eine freundliche kleine Person, nicht wahr?«

»Ist sie schon lange bei Ihnen«, sagte ich.

»Sie hat schon für meinen Großvater gearbeitet.« Er riß ein Streichholz an, zündete sich damit eine Zigarette an und hielt es mir dann hin. »Mein Vater und er waren Partner, falls Sie sich über den Firmennamen gewundert haben.«

»Dann ist dies vermutlich eine der ältesten Kanzleien des ganzen Staates.«

»Ich denke schon«, sagte er und nickte. »Macht schon was her, oder? Als mein Vater starb, hatte ich vor, alles ein bißchen aufzumöbeln, aber Sie sehen, wie weit ich damit gekommen bin. Wenn das Haus, in dem wir vorher waren, nicht abgerissen worden wäre, wären wir vermutlich nicht mal hierher umgezogen. Wie auch immer – eine gewisse Kontinuität ist bei unserer Sorte Klienten durchaus von Vorteil.«

»Ja«, sagte ich, »das kann ich mir vorstellen.«

»Es ist etwas anders, als Sie erwartet haben, hm?« Er schaute mich verschmitzt an. »Sie hatten vermutlich nicht gedacht, daß eine alteingesessene, respektable Kanzlei sich in Geschäfte mit jemandem wie Doc einlassen würde.«

»Ehrlich gesagt – nein«, sagte ich. »Obwohl ich mich über Doc nicht äußern möchte.«

»Hmmm – natürlich nicht. Also, unter uns, Pat. Ich habe mit Doc grade soviel zu tun wie nötig. Sie wissen, wie es ist. Sie wollen irgendwelche Geschäfte mit der Regierung machen, und das erste, was Sie feststellen, ist, daß der Weg dazu unweigerlich über Doc oder Leute seines Schlages führt. Entweder man arbeitet mit ihm zusammen, oder man kriegt seine Sachen nicht durch.«

Ich nickte kommentarlos. Ich spürte, daß es besser war, über Doc so wenig wie möglich zu sagen.

»Nun gut, wie lange sind Sie schon aus Sandstone raus?«

»Fast drei Wochen.«

»Und Sie machen sich ziemliche Sorgen. Geben Sie es ruhig zu, Pat.«

»Na ja«, sagte ich, »aber ich kann es schwer in Worte fassen. Das Problem ist – Mrs. Luther. Sie läßt mich nicht in Ruhe.«

»Oh?«

»Als ich den zweiten Abend hier war, kam sie nach hinten in mein Zimmer, und sie hat mich beinahe in arge Schwierigkeiten mit Doc gebracht. Und sie macht damit weiter. Es ist – nun ja – es ist einfach die Hölle.«

»Hmm«, murmelte Hardesty. »Das ist unangenehm, ganz recht. Aber an Ihrer Stelle würde ich mir darüber nicht allzu viele Gedanken machen. Doc wird Ihnen deswegen keine Vorwürfe machen.«

»Sollte er nicht«, sagte ich, »aber er tut es trotzdem. Ich kann ihm einfach nicht sagen, daß es nicht an mir liegt. Ich kann sie nicht abwimmeln. Ich kann es allerdings auch nicht zulassen, daß es in diesem

Stil weitergeht. Was immer ich tue oder lasse, führt unweigerlich dazu, daß Doc sauer auf mich ist. Ich fürchte fast, daß es dazu kommen wird, daß meine Bewährung aufgehoben wird.«

»Hmm. Und wenn Sie glauben, daß das passieren wird, würden Sie sich vorher aus dem Staub machen. Nun, das darf auf keinen Fall passieren. Das dürfen wir keinesfalls soweit kommen lassen.«

»Ich habe mir überlegt, ob Sie vielleicht soviel Einfluß auf sie haben, daß Sie sie dazu bringen können, damit aufzuhören.«

»Nun – naja –«, er verzog den Mund, »– klar doch. Wenn es nur das ist, kann ich Ihnen helfen.«

»Ich wäre Ihnen dafür sehr dankbar«, sagte ich.

»Das ist aber nicht alles, worüber Sie sich Gedanken machen, Pat.«

»Nein«, sagte ich.

»Einfach nur nein? Sie haben mir in der anderen Sache doch auch vertraut.«

»Ich glaube, Sie sollten es wissen«, sagte ich. »Ich frage mich andauernd, warum Doc mich überhaupt aus Sandstone herausgeholt hat.«

»Sie können sich nicht vorstellen, daß er es getan haben könnte, ohne, daß etwas für ihn dabei rausspringt?«

»Das habe ich nicht gesagt«, sagte ich. »Ich finde es nur seltsam, daß er es zu diesem Zeitpunkt getan hat. Daraus, wie Burkman behandelt wird, und aus einer Reihe von anderen Dingen, die ich gehört und gesehen habe, schließe ich, daß Docs Klüngel die Wahlen verlieren wird. Warum sollten sie also noch einen großen Aufwand treiben, nur um mir irgendwie zu helfen?«

»Das ist eine gute Frage, Pat. Aber die Antwort darauf ist recht einfach. Schon mal von Fanning Arnholt gehört, dem Präsident der Nationalen Phalanx?«

»Die große Patriotenorganisation?«

»Die Superpatriotenorganisation«, verbesserte mich Hardesty. »Und wir Normalsterblichen sind verpflichtet und vergattert, alles zu glauben und zu befolgen, was Fanning Arnholt und die Phalanx predigt.«

»Ja?« sagte ich.

»Arnholt soll als Kandidat sechs Vorträge in diesem Staat halten – den ersten in ungefähr zwei Wochen hier in Capitol City. Er wird sich gegen eine Reihe von Schulbüchern wenden, die derzeit im Gebrauch sind und die er für subversiv hält. Wenn er das tut, wird es ein Leichtes sein, diese Bücher aus dem Verkehr zu ziehen und sie durch neue zu ersetzen, die dann zum allgemeinen Gebrauch vorgeschrieben werden.«

»Ich verstehe«, sagte ich, »aber . . .«

»Ich weiß. Sie fragen sich, warum wir uns mit Schulbüchern abgeben, wo wir doch eigentlich im Ölgeschäft zu tun haben. Aber, wir – also, Docs Verein befaßt sich ja auch mit den Ölgesellschaften. Wenn es einen Mordsaufstand gibt wegen der Schulbücher, dann wird die öffentliche Aufmerksamkeit von ihnen abgelenkt. Denen ist das einen Haufen Zaster wert, daß ihnen niemand zu genau auf die Finger schaut. Wir machen dabei doppelt Kasse«, er spreizte grinsend die Finger und schaute mich mit seinen dunklen, warmen Augen an. »Es ist ein ganz und gar schmutziges Geschäft, Pat. Aber an einem großen Trog fressen viele Schweine. Und für Sie ist es nur von Vorteil. Doc hat das Ganze eingefädelt, und seine Partner bekommen alle etwas davon ab. Als Gegenleistung haben sie Ihre Bewährung durchgesetzt.«

»Aber meine Frage ist damit nicht beantwortet«, sagte ich, »warum wollte Doc, daß ich auf Bewährung entlassen werde?«

»Nun ja«, er zögerte. »Ich bin nicht sicher, ob ich Ihnen da weiterhelfen kann.«

»Sie müssen es wissen«, sagte ich. »Sie haben wesentlich mehr zu verlieren als Burkman und die anderen. Sie hätten nicht mitgemacht, wenn Sie nicht gewußt hätten, was das alles soll.«

»Sie meinen, wenn ich nicht sicher gewesen wäre, daß für mich genausoviel rausspringt wie für Doc?« Er schüttelte den Kopf. »Vielleicht aber auch nicht, Pat, Es gibt noch andere Dinge außer Geld.«

»Sie legen mir Sachen in den Mund«, sagte ich. »Worauf ich hinauswollte, war, daß Sie wissen, warum Doc mich aus Sandstone herausholen wollte.«

»Vielleicht. Aber warum sollte ich es Ihnen sagen?«

»Nun . . .« Ich war wie vor den Kopf geschlagen von der Plattheit dieser Frage. »Ich kann Ihnen nichts geben für diese Auskunft. Aber Sie haben angedeutet, daß Sie ein Freund sind und ich Ihnen vertrauen kann . . .«

»Haben Sie mir geglaubt?«

»Nun . . .«

»Nun, Sie sehen, wie es ist, Pat«, sagte er und lächelte gewinnend. »Sie bitten mich um etwas, das Sie selbst nicht zu geben bereit sind.

Und wie Sie bereits festgestellt haben, steht für mich eine Menge auf dem Spiel. Haben Sie denn selbst keine Vermutung?«

»Nicht im geringsten. Es gibt nichts, was ich für irgend jemanden tun könnte. Ich habe, soweit ich sehe, nichts – außer einem schlechten Ruf.«

»Sehr schlecht.« Er nickte.

»Sie meinen, das an sich ist auch schon was?«

»Sagen wir mal, das ist zumindest etwas, worüber Sie mal nachdenken sollten.«

»Aber ich verstehe nicht, wie . . .«

»Nur zu, Pat. Sie sind doch nicht auf den Kopf gefallen.«

»Und dann ist da noch Mrs. Luther«, sagte ich. »Wenn sie Doc so sehr gegen mich aufbringt, daß er meine Bewährung zurücknehmen läßt, fällt sein Plan, wie auch immer der nun aussehen mag, ins Wasser. Ich wäre wieder da, wo ich herkomme, und all seine Zeit und Mühe wäre umsonst gewesen. Natürlich ist er unvernünftig, was sie angeht, aber –«

»Denken Sie nach, Pat. Können Sie sich nicht eine Konstellation von Umständen vorstellen, in der es für jedermann profitabel wäre, wenn Sie wieder nach Sandstone zurückgeschickt würden?«

Ich starrte ihn verständnislos an. Er zwinkerte mir zu und nickte mit dem Kopf.

»Ich merke schon, daß Sie es sich nicht vorstellen können. Aber das kommt schon noch, und dann wird Ihnen manches klar werden – auch die Absichten der anderen. Wenn es soweit ist und Ihnen so langsam ein Licht aufgeht, was das Ganze eventuell zu bedeuten haben könnte, reden wir noch mal miteinander.«

»Danke«, sagte ich und schüttelte ihm kraftlos die Hand.

»Derzeit gibt es nichts, worüber Sie sich Gedanken machen müßten. Zunächst liegt da die Geschichte mit Arnholt an. Es wird nichts passieren, bis das erledigt sein wird.«

»Gut, daß ich wenigstens das weiß.«

»Sie können sich drauf verlassen. In der Zwischenzeit werde ich mal sehen, daß Ihnen Mrs. Luther vom Hals bleibt. Ich komme ganz gut mit ihr klar, wie Sie ja vermutlich wissen.«

Er zwinkerte mir zu und gab mir einen leichten Stoß in die Rippen. Ich ließ mich von ihm zur Bürotür führen.

»Ich vertraue darauf, daß unser kleines Gespräch hier unter uns bleibt«, sagte er und schüttelte mir noch einmal die Hand.

Er nickte mir ein letztes Mal zu, lächelte und machte dann sacht die Tür hinter mir zu.

14

Plötzlich war alles wieder in Ordnung. Genauso, wie es zu Anfang gewesen war. Ich mußte nicht mehr darauf bedacht sein, Lila Luther aus dem Weg zu gehen, weil sie es selbst offensichtlich nicht gerade darauf anlegte, mir zu begegnen. Und bei den seltenen Gelegenheiten, bei denen wir uns trafen, erwies sie sich nicht gerade als freundlich.

Der Zorn, den ich in Doc aufkeimen sah, war fast über Nacht verschwunden. Er war wieder ganz der alte – abwechselnd förmlich und locker, scherzhaft und tiefsinnig, großzügig und gutmütig –, ein Mann, der aus einer schäbigen Situation das Beste machte.

Eine Woche nach meinem Besuch bei Hardesty bekam ich mein Gehalt – soweit ich mich erinnere, war es an einem Freitag. Ich hatte keinen ganzen Monat gearbeitet, wurde aber voll bezahlt.

Ich gab Doc den Scheck, damit er ihn für mich einlöste, und er brachte mir am nächsten Abend das Geld auf mein Zimmer. Er lächelte und weigerte sich, auch nur einen Cent davon anzunehmen.

»Halten Sie Ihr Geld zusammen, Pat«, sagte er. »Sie werden nicht für immer bei den Behörden arbeiten wollen, und vermutlich wird das sowieso nicht gehen. Halten Sie es also zusammen, dann haben Sie auch was, mit dem Sie sich was aufbauen können, wenn Ihre Bewährung abgelaufen ist.«

»Vielleicht sollte ich ein Konto eröffnen«, sagte ich.

»Das ist eine gute Idee«, sagte er. »Wir machen das demnächst, wenn ich Zeit habe, mitzukommen und Sie vorzustellen.«

Ich ging jeden Morgen einigermaßen früh aus dem Haus und kam nie vor fünf Uhr nachmittags zurück. Gewöhnlich verbrachte ich eine Stunde oder so bei Madeline. Den Rest des Tages sah ich mir Filme an oder las in der Stadtbücherei, oder ich fuhr einfach nur so durch die Gegend.

Eines Tages, kurz nach dem Zahltag, fuhr ich zu der Stelle, wo Doc und ich in meiner ersten Nacht nach Sandstone angehalten hatten. Dort, wo der Schlick aus den Ölbohrlöchern den Fluß in eine stinkende, trügerische Ebene aus Schlamm verwandelt hatte. Ich glaube nicht, daß ich bewußt darauf zugesteuert bin – es war alles andere als eine Sehenswürdigkeit, die die Fahrt von zehn oder zwölf Meilen gerechtfertigt hätte. Aber plötzlich war ich einfach da, und ich parkte den Wagen am Straßenrand und ging zu einer dieser Steinbänke. Ich setzte mich hin und lehnte mich vorsichtig vornüber. Ich griff mir ein paar Kieselsteine und ließ sie einen nach dem anderen in den Schlamm fallen.

Von Zeit zu Zeit hörte ich schwach den Lärm von Bohrstangen, die ineinandergriffen, oder das gedämpfte »Ruuunter damit« von irgendeinem der harten Jungs da draußen. Und die Viererkessel spuckten eine Wolke trägen Rauchs nach der anderen in die Luft. Und sogar hier, wo ich saß, konnte man noch das rhythmische Zittern des Bodens spüren – ein beständiges Pulsieren, das von den Schlammpumpen herrührte, die unter ihrer Last ächzten und spuckten.

Ich atmete tief ein und langsam wieder aus. Es tat gut, hier zu sein, hier oder irgendwo sonst – nur nicht in Sandstone. Es fiel mir jeden Tag mehr auf, wie gut es war. Keine Wachen; man konnte lächeln oder lachen, wann immer man Lust dazu hatte, einfach nur Luft holen – nur so; zu denken, anstatt zu funktionieren . . .

Ich lehnte mich vor und lächelte hinab in die schwarze Fläche unter mir – und ich sah ein anderes Lächeln, nachdenklich aber beruhigend.

Paß auf dich auf, Red. Paß auf dich auf, oder –

Eine Hand senkte sich auf meine Schulter.

»Sie passen besser auf, daß Sie auf der Bank bleiben, Red, Sie könnten reinfallen.«

Ohne nachzudenken hatte ich augenblicklich meine Schulter fallen lassen, den Arm gepackt und mein Gewicht nach vorn verlagert. Zum Glück schrie sie, und mit einer Reflexbewegung konnte ich die erste rückgängig machen. Andernfalls wäre Myrtle Briscoe im Fluß gelandet und nicht auf der Bank. Und so wie es aussah, wäre ich ihr hinterhergestürzt – mit einer Kugel im Kopf.

Ein Wagen der Highway Patrol stand neben meinem geparkt, und ein Polizist beugte sich über die Böschung und fummelte seinen .45er aus dem Holster.

Er hatte ihn schon fast draußen, als Myrtle Briscoe sich von der Bank erhob und ihm wild gestikulierend zuwinkte.

»Halt, Tony«, keuchte sie. Dann schnappte sie nach Luft und schrie: »Verdammt noch mal, laß stecken!«

Der Polizist stutzte. »Sind Sie sicher, daß alles in Ordnung ist, Miss Briscoe?«

»Zur Hölle, ja doch!« Sie lachte kurz, schnaubte und klopfte sich die Kleider ab. »Etwas ramponiert, aber noch alles dran.«

Der Polizist schaute mit einem Ausdruck unverhohlener Enttäuschung zuerst zu mir und dann zu ihr. »Sind Sie sicher, daß ich nicht doch –?«

»Sie sollen zum Wagen zurückgehen und dort bleiben!«

Er drehte sich um und ging zurück. Myrtle setzte sich hin und schüttelte den Kopf.

»Ich weiß auch nicht, woran es liegt«, sagte sie. »Man gibt jemandem eine Pistole in die Hand, und schon kann er es kaum erwarten, sie zu benutzen.«

»Ist mir auch schon aufgefallen«, sagte ich und setzte mich neben sie. »Tut mir leid, wenn ich Sie erschreckt habe, Miss Briscoe.«

»Nun gut. War meine eigene Schuld. Aber was anderes, was machen Sie so weit außerhalb der Stadt, Red?«

»Ich dachte gar nicht, daß es so weit ist.«

»Sind Sie nicht am Arbeiten?«

»Ich bin immer noch dabei«, sagte ich. »Ich bin ein paar Stunden beschäftigt.«

»In Ordnung«, sagte sie. »Jetzt lassen Sie mich Ihnen mal was sagen, Red. Tony und ich haben uns den ganzen Weg von der Stadt hierher an Sie rangehängt. Vor ungefähr einer Stunde haben wir Sie aus den Augen verloren. Wir sind zwanzig Meilen oder so die Straße langgefahren, und dann kommen wir auf dem Rückweg hier vorbei, und da sind Sie. Wie erklären Sie das?«

»Sie meinen, ich hätte versucht, Sie abzuhängen«, sagte ich. »Ich wußte ja nicht einmal, daß Sie mir überhaupt gefolgt sind.«

»Wie kommt es dann, daß wir Sie plötzlich nicht mehr gesehen haben? Oder zumindest Ihren Wagen?«

»Das ist ganz einfach. Zum einen waren vermutlich andere Autos zwischen Ihrem Wagen und meinem, und hauptsächlich wollten Sie mich gar nicht sehen. Sie waren so sicher, daß ich das tun würde, daß Sie mich vermutlich nicht mal gesehen hätten, wenn ich Ihnen mit einer roten Fahne zugewinkt hätte.«

»Nun sehn Sie mal, Red. Sie wissen verdammt noch mal ganz genau, wovon ich rede. Was ist mit diesem Wagen?«

»Das ist ein Behördenwagen. Sie wissen das, Miss Briscoe.«

Sie riß den Mund auf, und ihre Augen blitzten mich an.

Sie fummelte ein Stück Papier aus der Tasche ihres altmodischen Rocks und hielt es mir entgegen.

Es war eines dieser kleinen Formulare, auf denen Verkäufe, Verpfändungen und ähnliche Vorgänge festgehalten wurden. Myrtle deutete mit dem Finger auf einen rotumrandeten Eintrag in der Spalte Automobilverkauf:

Capital Car Co. an Patrick M. Cosgrove
'42 Fd. Cp. $ 175

»Ich nehme an, es handelt sich um einen anderen Cosgrove«, sagte Myrtle sarkastisch. »Nur zu, sagen Sie, daß es so ist!«

Ich schüttelte den Kopf. Ich wußte nicht, was das alles zu bedeuten hatte. Ich wußte, daß kein anderer Cosgrove gemeint war. Es war alles einfach zu sauber.

Ich hatte einen Scheck über 250 Dollar erhalten. Abzüglich meiner Ausgaben in einem Monat wären mir gerade 175 Dollar übriggeblieben, die ich für ein Auto hätte ausgeben können. Ich hatte es nicht getan, aber ich wagte es nicht, Myrtle das zu sagen. Sie war ohnehin nicht davon begeistert gewesen, daß ich zur Bewährung an Doc überstellt worden war. Wenn sie auf den Gedanken gekommen wäre, daß er mich für etwas benutzte, daß etwas an der Sache wirklich faul war . . .

Ich saß in der Falle, und es gab keinen Ausweg, denn der führte zurück nach Sandstone. Ich mußte zusehen, daß ich selbst einen Weg aus der Klemme fand.

»Tut mir leid«, sagte ich. »Ich wußte nicht, daß es gegen die Bewährungsauflagen verstößt.«

»Wer sagt denn das? Was ich wissen wollte, war, warum Sie ihn gekauft haben. Der Kaufvertrag ist von gestern, aber der Wagen stand heute morgen noch auf dem Verkaufsplatz.«

»Ich dachte, ich hole ihn am Wochenende ab«, sagte ich.

»Aber warum haben Sie sich so eine alte Kiste überhaupt gekauft, wenn Ihnen die Stadt einen erstklassigen Wagen umsonst zur Verfügung stellt?«

»Das ist ziemlich einfach«, sagte ich. »Da ich ihn ja offensichtlich nicht selber brauche, werde ich wohl vorhaben, ihn zu verkaufen. Ich kann ganz gut mit Werkzeug umgehen, ich kann ihn in meiner Freizeit aufmöbeln und noch was dran verdienen.«

»Nun . . .« Sie starrte mich mißtrauisch an.

»Das war's, was ich vorhatte, Miss Briscoe.«

»Na ja – « Sie nickte. »So hatten Sie sich das also gedacht. Was hatten Sie – haben Sie diesen Wagen wirklich gekauft, Red – ganz ehrlich?«

»Ich verstehe nicht.«

»Ich auch nicht. Aber lassen wir das. Holen Sie den Wagen noch heute ab. Und verlieren Sie keine Zeit damit, ihn weiterzuverkaufen.«

»Ja, Ma'am«, sagte ich. »Soll ich auf dem Rückweg in die Stadt vor Ihnen herfahren?«

»Das wird nicht nötig sein«, schnappte sie. Und dann wurde ihre Stimme sanfter, und ihr Gesicht entspannte sich. »Ich versuche, Ihnen zu helfen, Red, das ist wirklich alles, was ich tue. Warum geben Sie mir nicht eine Chance?«

»Ja, Ma'am?«

»Kommen Sie doch raus damit! Um Gottes willen, kommen Sie aus Ihrem Schneckenhaus raus, bevor Sie drin verrotten.«

Sie legte ihre Hand auf mein Knie und lehnte sich an mich. »Ich bin sicher, daß Sie Ärger haben, und zwar verdammt schlimmen Ärger. Warum sagen Sie's mir nicht?«

»Da ist nichts, was ich Ihnen sagen könnte«, sagte ich.

»Da! Sehen Sie? Sie denken nicht mal mehr nach – Sie reden schon automatisch um den heißen Brei herum. Doc hat Sie in irgendeine Geschichte reingezogen, und Sie wissen nicht, wie Sie da wieder rauskommen sollen – ist es nicht so?«

»Warum sollte Doc so was tun?«

»Red – !« Sie seufzte und nahm ihre Hand wieder weg. »Nehmen wir mal an, ich würde folgendes zu Ihnen sagen. Nehmen wir an, ich würde zu Ihnen sagen, daß Sie ein ehrlicher Kerl sind und das auch bleiben wollen, und daß all der Ärger, den Sie hatten, nicht Ihre Schuld war?«

»Es gibt aber nichts, was ich Ihnen im Augenblick sagen könnte«, meinte ich vorsichtig. »Aber es könnte sich etwas ergeben . . .«

»Ja, Red?«

»Sie halten immer Ihr Wort, wenn ich Sie recht verstehe«, sagte ich. »Sie stehen dazu – egal, ob Drohungen oder Versprechen. Wenn Sie Ihren Verdacht etwas präzisieren könnten, würde ich Ihnen glauben. Sagen Sie mir, daß Sie sich drauf verlassen, daß ich das Richtige tun werde, und daß Sie verhindern werden, daß ich zurück muß nach Sandstone.«

»Nun . . .« Sie lachte irritiert. »Das ist eine ziemliche Menge, die ich Ihnen da blindlings abkaufen soll, Red.«

Ich nickte. »Aber es ist auch nicht mehr als das, was Sie mir angeboten haben.«

»Doch, das ist es. Red, sehen Sie mal, es geht bei dieser ganzen Sache, verdammt noch mal, um mehr als um Sie und mich. Doc und sein Verein leben hier seit fast zehn Jahren wie die Maden im Speck. Jetzt sieht es so aus, als würden sie bei der nächsten Wahl in die Wüste geschickt. Sie verzweifeln so langsam. Sie suchen nach einer Möglichkeit, mir was anzuhängen.«

»Ich sehe nicht, wie ich dabei von Nutzen sein könnte«, sagte ich. »Außerdem können Sie doch im Amt bleiben, solange Sie wollen, soweit ich das verstehe.«

»Ich mache das schon seit dreißig Jahren, aber das heißt nicht, daß es auch für alle Zeiten so bleiben muß. Und wenn ich aufhöre, hört es auch mit den Reformen auf – so bescheiden die auch sein mögen. Ein Skandal erster Klasse läßt jeden Amtsträger auf der Straße landen – und je aufrechter er war, desto härter wird es ihn treffen. Er wird entweder völlig abgesägt, oder er muß sich auf so viele Kuhhändel einlassen, daß er in seiner Position nichts mehr erreichen kann.«

»Aber – «

»Jaja, ich weiß. Ich habe Ihre Bewährung nicht unterschrieben. Aber ich habe zugestimmt, und Ihre Angelegenheit fällt in mein Ressort. Wenn Sie bös in die Tinte geraten, stehe ich am Ende angeschmiert da. Und wenn die mich am Wickel haben, wird das gesamte Reformprojekt zusammenbrechen. Das führt automatisch dazu, daß Doc und sein Verein am Ruder bleiben. Dies ist ein Ein-Parteien-Staat. Die Leute stimmen nicht für einen bestimmten Kandidaten, sie stimmen gegen ihn.«

»Ich verstehe«, sagte ich. »Aber wie kann ich dabei von Nutzen sein, um Sie zu diskreditieren?«

»Ich weiß es nicht, Red. Aber ich kann mir einiges vorstellen, das Sie tun könnten. Deshalb will ich auch, daß Sie mir gegenüber ehrlich sind. Und ich werde Ihnen helfen, so gut es geht, Red. Das ist ein Versprechen.«

Sie stand erschöpft auf und strich sich ihren ewig verknitterten Rock glatt. Die Sonne war jetzt ganz hervorgekommen und zeichnete die harten, hageren Linien ihres Gesichts noch schärfer. Ihr ausgebleichter Haarknoten erschien eher grau als rot.

Ich stand auch auf, und sie kniff die Augen zusammen, als sie zu meinem Gesicht aufschaute. Dann faßte sie meinen Arm, schob mich sacht beiseite und ging hinter mir vorbei den Hügel hinauf.

Ich sah ihr nach, sah ihren sicheren, festen Gang, ich schämte mich irgendwie; ich wollte ihr hinterherlaufen oder sie zurückrufen. Und ich blieb stehen, wo ich stand, und hielt den Mund. Ich wußte, daß ich dabei war, einen Fehler zu machen – wie schlimm er sein sollte, würde ich noch herausfinden müssen. Aber ich wußte auch nicht, was ich anderes tun könnte.

15

Die Capital Car Company hatte unten im Geschäftsviertel der Stadt einen Verkaufplatz, der sich über einen ganzen Block erstreckte. Der Verkäufer führte mich zu einer Baracke, die als Büro diente und so zugestellt war mit Autos, daß man sie auf den ersten Blick gar nicht sah. Ich sagte dem Geschäftsführer, einem kleinen quirligen Mann mit Goldzähnen namens Rivers, wer ich war.

»Oh, sicher doch«, sagte er sofort. »Die Frau hat ihn für Sie gekauft. Sehr feine Lady, sehr fein. Woll'n Sie ihn ansehn?«

»Ich dachte, daß ich ihn mitnehme.«

»Mitnehmen oder dalassen. Die Frau hat gesagt, Sie lassen ihn vielleicht eine Weile stehn. Eine feine Lady war das.«

»Fein«, sagte ich.

Er führte mich an einer halben Reihe von Autos entlang und hielt bei einem Ford Coupé an. Es war durchaus kein Schrotthaufen, obwohl die Karosserie zerbeult und stumpf aussah. Die Reifen waren neu. Ich öffnete die Motorhaube und sah den Motor, der so sauber war, als sei er mit Wasser und Seife abgeschrubbt worden.

»Da haben Sie'n Fang gemacht«, erklärte Rivers. »Also ich wette, ich hätt' heut' morgen zweihundert – zweihundertfünfzig für den Wagen kriegen können, wenn er nicht schon verkauft gewesen wäre. War 'ne kleine alte Lady hier und hat ihn sich angeschaut. Sagte, sie kennt sich aus mit Autos.«

Ein Angestellter der Firma, ein junger Neger, fuhr den Wagen für mich zu Docs Haus. Rivers fuhr ihm mit einem anderen Auto hinterher, um den Jungen wieder mit in die Stadt zurückzunehmen.

Ich ließ das Coupé und den Dienstwagen am Zaun stehen und ging den Weg zum Haus hinauf. Als ich die Treppe hochging, bewegte sich die Jalousie an einem der Vorderfenster, und als ich die Eingangstür öffnete, stand Mrs. Luther in der Tür zu ihrem Apartment.

Sie trug einen geblümten Hausmantel und ein Mieder aus irgendeinem durchsichtigen Stoff. Sie lächelte, trat von der Tür zurück und bat mich herein.

»Sie sind ja ein Schlimmer«, rief sie. »Sie haben unsere Überraschung rausgekriegt.«

»Ist Doc hier?«, sagte ich.

»Oh, nein. Er ist den ganzen Tag fort. Kommen Sie doch rein.«

Ich trat ein und blieb so nah, wie ich konnte, bei der Tür stehen, ohne dicht neben ihr stehen zu müssen. Sie schloß die Tür, lächelte mich noch einmal heiter, aber vorwurfsvoll an und führte mich zu einem der Polstersofas.

»Nun«, sagte sie und drückte mich mit einer spielerischen Bewegung auf die Couch hinunter. »Wie haben Sie's rausgekriegt?«

»Sollte ich nicht?«

»Natürlich nicht. Noch nicht.«

»Oh – « Ich zögerte einen Moment. »Nun, Sie können es sich vielleicht denken, Mrs. Luther. Das Highway Department bekommt jeden Tag eine Liste über Autoverkäufe. Ich habe gesehen, daß ich einen Wagen besitze, und da bin ich hingegangen und hab' ihn abgeholt. Hätte ich das nicht tun sollen?«

»Nun . . . Hauptsache, Sie haben ihn. Wir wollten ihn Ihnen natürlich zum Geburtstag schenken.«

»Das war sehr nett von Ihnen«, sagte ich, »aber haben Sie da nicht vielleicht einen Fehler gemacht? Mein Geburtstag war im März – vor über zwei Monaten.«

»O nein«, sagte sie. »Also, Doc muß gedacht haben, daß er im Mai ist.«

»Das ist alles sehr schade. Wenn Sie oder Doc Ihr Geld wiederhaben möchten . . .«

Sie schüttelte nachdenklich den Kopf. Sie war sicher, daß Doc das nicht recht wäre. Ich murmelte ein paar Dankeschöns und fragte mich, was hinter diesem ausdruckslosen, schönen Gesicht vor sich ging.

Mai und März. Die Monate konnte man leicht durcheinanderbringen. Und mir ein Auto zu schenken paßte eigentlich auch zu den anderen Akten von Großzügigkeit, die Doc mir gegenüber an den Tag legte. Ich brauchte zwar derzeit keines, aber die Umstände konnten sich ja auch ändern. Welchen Grund gab es eigentlich, mißtrauisch zu sein?

Ich schaute plötzlich zu Lila Luther auf und bemerkte einen seltsamen Ausdruck in ihren Augen. Irgendwie eine Mischung aus Scham und Hunger. Ich lächelte sie an, und sie lächelte zurück. Es war ein schüchternes Lächeln, und gleich darauf breitete sich eine schwache Röte über ihre braunen Wangen. Sie merkte selbst, daß sie rot wurde, und versuchte, etwas dagegen zu tun.

Ich streckte die Hand aus und strich mit den Fingern über ihre Brüste. Ich ließ meine Finger hinabgleiten. Hart.

Sie atmete schwer, aber sie wich nicht zurück. Sie saß da und wartete und biß sich auf die Lippen.

»Es paßt nicht zu Ihnen, Mrs. Luther«, sagte ich, »oder paßt es etwa doch? Entweder oder.«

»Ich weiß nicht, was Sie meinen.« Ich konnte spüren, wie es in ihrem Kopf rundging bei dem Versuch, nachzudenken und gleichzeitig doch nicht zu denken.

»Sie – Sie haben kein Recht, mich so was zu fragen!«

»Sie haben sich immer wieder an mich rangemacht, und Sie waren nicht sehr wählerisch dabei, wann und wo Sie's getan haben. Und dann hat Hardesty Ihnen gesagt, daß Sie damit erst mal aufhören sollen. Sie haben nicht damit gerechnet, daß ich mich an Sie ranmachen könnte. Und jetzt, wo ich es getan habe, wissen Sie nicht, was Sie machen sollen.«

»Ich – « Ihre Augen glänzten. »Ich weiß, was ich tue.«

»Scheiß drauf! Man hat Ihnen gesagt, daß Sie damit anfangen sollen, und man hat Ihnen gesagt, daß Sie damit aufhören sollen. Was soll das Ganze?«

Sie antwortete nicht. Sie wand sich und rückte näher zu mir; ihre Lippen öffneten sich, und ihre Lider zuckten träge. Es schien, als habe sie tief Luft geholt und würde nun den Atem anhalten.

Es war gut gespielt, falls es das war. Ich beschloß herauszufinden, ob es gespielt war, und wenn ja, wie gut. Ich faßte das Mieder mit beiden Händen und zog es herunter.

Es zerriß wie Papier, ihre vollen, prallen Brüste wogten heraus, und sie fiel auf mich zu und umklammerte mich weinend.

»P-Pat!« Es war beinahe ein Schluchzen – rasend, hysterisch vor Leidenschaft ... »Oh, Pat ...« Ich ließ mich von ihr hinabziehen.

Und dann waren auch ihre Beine nackt, und ihre langen geschwungenen Schenkel. Zitternd zog sie mich hinab zu sich – ihre Hände wühlten in meinen Haaren. Und ich hatte nur einen Gedanken im Kopf, einen Wunsch. Ich mußte sie haben, in diesem Moment, auch wenn ich gewußt hätte, daß man mich dafür umbringt.

Nachher war es natürlich anders, nach diesen ein oder zwei Minuten der Raserei.

»Pat – ?«

»Ja?«

»Ich – ach, doch nichts. Vergiß es.«

Wir lagen immer noch nebeneinander, aber ich dachte nach. Ihr aschblondes Haar breitete sich wie eine duftende Wolke über mein Gesicht, und ihre Lippen strichen küssend und flüsternd an meinem Ohr entlang, und die Bewegungen ihres weichen, vollendet schönen Körpers verfielen wieder in diesen verführerischen Rhythmus.

Aber ich dachte nach.

Was wäre, wenn Doc jetzt hereinkommt, dachte ich. Was wäre, wenn die Tür aufgeht und ...

Die Tür ging auf.

Am Rand des Kaffeetischs stand eine Bürste mit silbernem Rükken, in dem sich die Tür spiegelte. In dem sich Doc spiegelte.

Und dann wurde die Tür wieder geschlossen – genauso sacht, wie sie geöffnet worden war.

Sie fiel ins Schloß, und leise öffnete jemand die Eingangstür und schloß sie wieder.

Sekunden später hörte ich das leise Schnurren eines Motors irgendwo in der Nähe. Erst in der Nähe, dann weiter weg.

Doc, der bis zur Raserei eifersüchtige Doc, hatte dies – *dies!* – gesehen und war weggefahren.

Es war alles in Sekundenschnelle passiert, es hatte nicht einmal eine Minute gedauert. Zu kurz, um Angst oder Schrecken aufkommen zu lassen. Und Lila Luther hatte nichts gesehen oder gehört.

Ich setzte mich auf. Der Schrecken packte mich nun doch. Ein kaltes Schwächegefühl machte sich in meiner Brust und meiner Kehle breit, und kalter Schweiß trat mir auf die Stirn.

»Darling!« In ihrem Gesicht spiegelten sich Ungeduld und Hunger. »Was ist los?«

»Ich weiß nicht«, sagte ich. »Ich hab' mich auf einmal schlecht gefühlt.«

Sie flüsterte: »Vielleicht ist es besser, wenn du gehst.« Und ich ging.

Ich wollte es ihr sagen, erklären, aber meine Vernunft, die schon mal versagt hatte, hielt mich zurück. Vielleicht würde alles noch schlimmer werden, wenn sie es wußte. Warum und wie, wußte ich auch nicht, aber ich spürte die Gefahr. Von dem Augenblick an, als ich in dieses Haus gekommen war, hatte sie gelogen. Sie wußte, was vor sich ging, und wenn ich ihr dies gesagt hätte ...

Ich wußte nichts. Ich wußte nicht, was vielleicht passieren würde. Aber ihr würde ich das nicht auf die Nase binden.

16

Das Schild an der Milchglastür besagte:

E. A. Eggleston
Ermittlungen

Das Büro lag in einem alten, fünfgeschossigen Gebäude in der Nähe des Marktes.

Er konnte nicht besonders gut sein, wenn er in dieser Gegend sein Büro hatte, dachte ich mir. Er brauchte auch nicht gut zu sein, um mir sagen zu können, was ich wissen wollte, und ich wollte gar niemanden, der wirklich auf Draht war und sich dann Gedanken machte und denen nachging.

Er war groß, hatte ein schmales Gesicht und sah verschlafen aus. Seine abgetragenen Schuhe mit Kreppsohlen ruhten auf dem Schreibtisch, als ich eintrat, und seine knochigen Hände waren über dem Bauch verschränkt. Er hatte seinen zerbeulten Hut tief in die Stirn gezogen.

Er bewegte weder den Hut noch sich selber, während der ungefähr halben Stunde, die ich da war.

»Cosgrove«, sagte er mit einer sonoren weichen Stimme. »Was machen Sie, Cosgrove?«

»Müssen Sie das wissen?«, sagte ich.

»Muß wissen, ob sich's lohnt, Sie umzulegen. Ob Sie in Geschäfte verwickelt sind, die – sagen wir mal – unter Ihrer dauernden Abwesenheit leiden würden.«

»Nein.«

»Ärger mit irgendwem? Jemand, für den eine Menge rausspringt, wenn Sie weg sind?«

»Nein.«

»Keine Angehörigen oder nahe Verwandten? Keine Frau?

»Nein.«

»Aber Sie glauben, daß man für Sie eventuell ohne Ihr Wissen eine Versicherung abgeschlossen hat?«

»Ich – ja.«

»Warum?«

»Nun, eigentlich glaube ich es nicht«, sagte ich, »ich dachte nur, daß es vielleicht sein könnte.«

Eine Minute oder noch länger sagte er gar nichts. Schließlich, als ich schon glaubte, er sei eingedöst, fing er an zu reden:

»Bin mal zum Zahnarzt gegangen, um 'nen Zahn ziehen zu lassen. Wußte, daß der, der gezogen werden mußte, höllisch weh tun würde, da hab' ich halt auf einen anderen Zahn gezeigt. Sieht so aus, als wären Sie genauso schlau wie ich.«

Ich lachte. »Ich lüge Ihnen nicht absichtlich was vor, Eggleston. Es ist nur, daß es Leute gibt, die es ziemlich verletzen würde, wenn sie wüßten, daß ich solche Nachforschungen anstelle. Sie dürfen das auf keinen Fall erfahren.«

»So?«

»Vor ungefähr einem Monat hat mir eine bestimmte Person einen sehr großen Gefallen getan. Seitdem sind mir diverse andere Gefälligkeiten erwiesen worden. Ich habe diese Person nie zuvor getroffen, und ich kann mir nicht vorstellen, wie ich all diese Ausgaben zurückerstatten könnte. Außer, wenn ich versichert wäre . . .«

»Schon mal diese Person selber gefragt, warum sie Ihnen diesen Gefallen getan hat?«

»Nicht direkt. Die Grundannahme war, daß es aus purer Menschenfreundlichkeit passiert ist. Das paßt allerdings nicht zu dem, was ich über diese Person weiß.«

Er saß bewegungslos da, still, und starrte auf seine Hände.

»Ich dachte, es gibt vielleicht eine Art Agentur, die Ihnen darüber Informationen geben kann«, sagte ich, »ohne daß diese Person erfährt, daß ich nachgefragt habe.«

»Hm«, sagte er. »Das wird Sie zwanzig Dollar kosten, Mr. Cosgrove.«

»Das ist angemessen«, sagte ich, nahm einen Zwanziger heraus und legte ihn auf den Schreibtisch.

Er hob seinen Fuß etwas an und zog den Schein unter seinen Absatz.

»Sie sind nicht versichert, Mr. Cosgrove. Sonst noch was?«

»Jetzt hören Sie mal«, sagte ich. »Ich habe für gewisse Auskünfte bezahlt – «

»Die Sie auch bekommen haben, von kompetenter Stelle. Ich habe eine Menge mit Versicherungen zu tun gehabt. Niemand hat auf Sie eine Police ausgestellt, vorausgesetzt, Sie haben mir die Wahrheit gesagt.«

»Das habe ich, aber – «

»Wenn eine Person eine andere versichern lassen will, muß was vorliegen, das man versicherungswürdiges Interesse nennt. Sie muß schlüssige Beweise vorlegen, daß sie beim Ableben des Versicherten nichts oder nur wenig mehr zu gewinnen hat, als wenn seine Existenz fortdauert. Der Tod des Versicherten muß einen traurigen Verlust darstellen, etwa im Fall von Mann und Frau, oder einen finanziellen, oder beides. Niemand, so scheint es, hat ein versicherungswürdiges Interesse an Ihnen . . .«

Anscheinend hatte er wenig zu tun außer zu schlafen, und Versicherungen waren sein Hobby. Er redete noch etwa fünfzehn Minuten weiter – wobei er selten seine sonore, weiche Stimmlage wechselte – und handelte dabei alles aus der Branche ab, das mich vielleicht hätte betreffen können. Schließlich hörte er auf, und ich erhob mich.

»Ganz am Rand, Mr. Cosgrove . . .«

»Ja?«

»Jeder mit der Bildung, die Sie offensichtlich haben, hätte wissen müssen, daß für ihn keine Versicherung abgeschlossen worden ist. Jeder, der ein bißchen rumkommt, hätte es gewußt.«

»Vielleicht komme ich nicht so viel herum.«

»Mein Gedanke.«

»Nach allem, was ich wußte, war ich eigentlich ziemlich sicher, daß ich nicht versichert worden bin. Ich dachte nur, es hätte sich in letzter Zeit vielleicht irgendwas geändert.«

»Nicht in allerletzter Zeit, Mr. Cosgrove. Sie sind noch ziemlich jung. Sie können nicht allzu lang weg vom Schuß gewesen sein.«

»Wiedersehen«, sagte ich.

»Sie kennen diese Person seit ungefähr einem Monat«, brummte er. »Hat Ihnen einen sehr großen Gefallen getan. Und Sie sind mißtrauisch. Warum setzten Sie sich nicht aus der Umgebung dieser Person ab. Oder aus diesem Staat, meinetwegen?«

Ich hielt an und drehte mich um. Er nickte träge.

»Sie können nicht weg, nicht wahr? Also? Ja. Sie können nicht weg. Ich beginne zu glauben, daß Ihr Mißtrauen sehr begründet ist. Noch mal zwanzig, bitte.«

Ich ging zurück zum Schreibtisch und legte noch einen Schein hin. Er harkte ihn unter seinen Absatz.

»Wie lange waren Sie drin, Mr. Cosgrove?«

»Fünfzehn Jahre, von zehn bis lebenslänglich.«

»Und Sie kannten diese Person, die Ihre Bewährung erwirkt – oder sollen wir sagen, gekauft hat –, vorher nicht?«

»Da haben Sie recht.«

»Sie aber auch, Mr. Cosgrove. Sie haben allen Grund, beunruhigt zu sein. Eine Begnadigung wäre genauso einfach und billig zu haben gewesen. Mit einer Begnadigung hätten Sie fortgehen können, weit weg, außerhalb der Reichweite Ihres Wohltäters. Er ist kein Menschenfreund.«

»Wiedersehen«, sagte ich.

»Gleichfalls.«

Er nickte und schien einzuschlafen, und ich ging.

Noch mehr Informationen . . . von denen ich nicht wußte, was ich damit anfangen sollte.

17

Das Schlimmste, was das Gefängnis einem Menschen unter anderem antut, ist, ihm das Gefühl einzuimpfen, daß er immer im Unrecht ist: daß andere mit vollem Recht mit ihm tun können, was sie wollen, während alles, was er tut – und sei es nur aus Versehen –, völlig unentschuldbar ist.

Genauso empfand ich für Doc, seitdem er Lila und mich gesehen hatte. Ich war jetzt sicher, daß ich gezwungen war, gegen meine Gefühle anzukämpfen. Ich war mir sicher, daß ich ihm nichts schuldete – Entschuldigungen eingeschlossen. Dennoch fühlte ich mich schuldig. Ich fühlte mich so, und ich konnte nicht dagegen an.

Ich blieb an diesem Abend fast bis Mitternacht außer Haus und machte mich am nächsten Morgen früh auf den Weg. Abends hatten sich meine Schuldgefühle teilweise wieder gelegt. Ich fühlte mich noch immer unbehaglich, aber ich hoffte, er würde es auf die Sache mit dem Auto schieben, falls ihm irgend etwas auffallen sollte.

Ich sprach das Thema an, sobald er in mein Zimmer kam.

»Hm.« Er nickte nachdenklich. »Ich hätte wissen sollen, daß Myrtle die Formulare liest.«

»Ich möchte Ihnen dennoch danken«, sagte ich.

»Ich bitte Sie, Pat. Nächstes Jahr versuchen wir's besser zu machen.«

Er trank noch einen mit mir und ging dann. Ich ließ mich erleichtert aufs Bett fallen und haßte mich für dieses Gefühl.

Willie kam herein, um das Geschirr abzuräumen, und ich versuchte mir einzureden, daß er und nicht Doc es gewesen war, der Lila und mich gesehen hatte. Er war im Haus gewesen, während Doc keinen Grund hatte, da zu sein.

Aber ich wußte es besser. Es war Doc gewesen. Er hatte damit gerechnet, daß ich wegen dem Wagen nach Hause kommen würde. Vermutlich war er mir vom Autohändler aus gefolgt. Und als er Lila und mich sah . . .

Warum hatte er nicht reagiert, wie er sollte, wie man es von ihm hätte erwarten können – eifersüchtig bis zur Raserei? Hatte er vor, später mit mir abzurechnen, dann, wenn ich es am wenigsten erwarten würde? Oder hielten ihn praktische Erwägungen davon ab – weil ein großer Krach seinen Plan, in dem ich eine Rolle spielte, zunichte machen würde?

Es konnte eines von beiden sein, oder beides zusammen. Und es konnte sein – ich schnellte im Bett hoch – *es konnte sein, daß Doc sich in Wirklichkeit gar nicht um seine Frau scherte, daß seine ganze Eifersucht nur Schauspielerei war!*

Ich sprang hoch und rannte aufgeregt im Zimmer auf und ab – die Lösung des Rätsels vor Augen.

Es *war* Schauspielerei gewesen. Im nachhinein wurde mir klar, wie aufgesetzt es gewesen war, wie elend übertrieben. Immer im peinlichsten Moment tauchte Doc auf. Lila – übertrieben dramatisch – machte sich über ihn lustig. Schüttete ihm Whiskey ins Gesicht.

Es war beschissene Schauspielerei gewesen, aber ich war darauf reingefallen. Ich war so beeindruckt davon gewesen, daß ich befürchtet hatte, Doc würde meine Bewährung fallenlassen. Ich hatte Hardesty davon erzählt, hatte angedeutet, daß ich vielleicht abhauen würde, und augenblicklich hörte das komische Getue auf. Sie alle wollten nur, daß ich mir von Doc ein ganz bestimmtes Bild machte.

Es paßte alles zusammen. Hardesty hatte Doc erzählt, was mit mir los war, und Doc hatte Lila gesagt, daß sie mich in Ruhe lassen sollte. An jenem Tag war er mir zum Haus gefolgt, um mich zu beruhigen, falls Lila es nicht schaffen würde. Und als er sah, daß Lila die Sache mehr als gut im Griff hatte, ging er leise wieder fort.

Aber was war mit Hardesty? Wenn er Doc doch so offensichtlich verachtete und ihm mißtraute, warum hatte er von meinem Besuch erzählt? Er wollte, daß ich seinen Haß und sein Mißtrauen teile. Das war der Punkt, an dem er mich haben wollte, und so lange würde er mich bearbeiten. Ich hatte die Lösung: Ich war seiner Meinung nach noch nicht soweit, daß er mich benutzen konnte. Bis dahin war er in der Hauptsache daran interessiert, daß ich nichts tat, was mich eventuell wieder zurück nach Sandstone bringen würde.

Myrtle Briscoe – ich hörte mit dem Herumgerenne auf und setzte mich aufs Bett. Sie benutzte mich, um Doc dranzukriegen. Ich war die Schlinge, die sie ihm hinhielt, damit er sich dran aufhing.

Und Doc ... Doc hatte vorausgesehen, daß sie Bescheid wußte, und vermutet, daß sie genauso reagieren würde, wie sie es getan hatte. Er legte seinerseits eine Schlinge aus. Er war sicher, daß er die seine zuziehen konnte, bevor sie dazu kam.

Und Mrs. Luther? Arbeitete sie mit einem der drei zusammen oder hatte auch sie einen Plan?

Und Madeline ...?

Nein, nicht Madeline. Was sie anging, hatte ich nicht den geringsten Zweifel. Mein Instinkt sagte mir über sie nur eins, daß sie in Ordnung war, und daß sie mich liebte. Wenn ich mich darin irrte, irrte ich mich in allem. Und vielleicht tat ich das.

Ich wußte nichts. Alles, was ich hatte, waren Vermutungen. Vermutungen, die lächerlich wurden, wenn man sie genau überprüfte und zu Ende dachte.

Falls Eggleston unrecht hatte, was die Begnadigung anging, brachen all meine Mutmaßungen zusammen. Es konnte sein, daß Doc mein Freund war. Es konnte sein, daß er gemerkt hatte, daß wir in eine gefährliche Lage gedrängt wurden, und das um jeden Preis verhindern wollte.

Ach, zur Hölle damit. Es stimmte einfach nichts. Es –

Ich gab auf. Ich zog mich aus und ging zu Bett. Ja, ich ging schlafen. Irgendwann ist Schluß mit der ganzen Nachdenkerei, und ich hatte mein Tagessoll schon längst überschritten.

Am nächsten Tag begann der zweite Monat meiner Bewährung. Ich rief Myrtle Briscoes Büro von einem Drugstore aus an und fragte, wann ich vorbeikommen sollte. Sie sagte mir knapp, ich solle mir nicht die Mühe machen, es sei denn, es gebe etwas, das ich ihr erzählen wolle.

Ich sagte ihr, da gäbe es nichts. Sie knallte den Hörer auf.

Es war kurz nach neun, als ich bei Madelines Wohnung ankam, und sie lag noch im Bett. Sie kam nicht zur Wohnzimmertür, sondern streckte den Kopf zur Schlafzimmertür heraus.

Sie schloß sie hinter mir, umarmte mich fest und liebevoll und ließ sich wieder aufs Bett fallen. Sie trug kurze, weiße Schlafanzughosen und einen weißen Pullover ohne Ärmel.

Sie räkelte sich auf dem Kissen, streckte ihre Beine gerade in die Luft und grinste mich verschmitzt an.

»Ich glaub', ich bleib' den ganzen Tag hier«, verkündete sie.

»Ganz allein«, sagte ich.

»Glaub' ich nicht.« Sie ließ die Beine sinken, setzte sich auf und gähnte. »Ich bin sooo müde. Mach mir doch einen Kaffee, Liebling.«

»In Ordnung«, sagte ich.

»Während du draußen bist, zieh ich mir mal was an, damit du nicht auf schlimme Gedanken kommst.«

Ich sagte ihr, daß ich niemals auf derartige Gedanken käme, und ging zur Küche.

Ich stellte den Wasserkessel auf den Herd und steckte zwei Scheiben Brot in den Toaster. In der Zwischenzeit breitete ich eine Serviette auf einem Tablett aus, stellte Butter und Marmelade drauf und schnitt eine Orange in Scheiben. Die ganze Angelegenheit dauerte kaum fünf Minuten. Was ihr Frühstück anging, hatte ich schon einige Übung.

Ich nahm das Tablett und machte mich auf den Weg zum Schlafzimmer. Und dann hielt ich in der Küchentür an und blieb wie angewurzelt mit weit aufgerissenen Augen stehen. Die Schlafzimmertür stand noch offen, denn ich hatte sie auf dem Weg zur Küche nicht hinter mir zugemacht, und nun sah ich sie fast so, wie wenn ich neben ihr im Zimmer gestanden hätte. Und was ich sah, erschreckte mich so, daß es mich kalt überlief.

Schlafanzughose und Pullover lagen zu ihren Füßen auf dem Boden. Sie hatte sich ein dünnes weißes Höschen angezogen, die Hände hatte sie am Rücken und fummelte damit am Verschluß ihres Büstenhalters herum. Sie war völlig gedankenverloren. Sie dachte nicht ans Anziehen, sondern an etwas – jemanden, und diese Gedanken waren alles andere als angenehm.

Zuvor hatte sie immer fröhlich, gutgelaunt und unverkrampft gewirkt – auch dann, wenn sie ernsthaft war. Ich hatte sie nie anders gesehen. *Sie hatte mir nie die Gelegenheit gegeben, sie anders zu sehen.* Und jetzt war von dieser Fröhlichkeit und guten Laune keine Spur mehr übrig. Ich konnte kaum glauben, daß dies das gleiche Mädchen war, die gleiche Frau – diese Frau hier, deren Gesicht zu einer entsetzlichen, finsteren Maske voller Haß entstellt war.

Ich trat zurück in die Küche und wartete ein oder zwei Minuten. Dann fing ich an, vor mich hin zu pfeifen, und machte mich wieder auf den Weg ins Schlafzimmer.

»Nun«, sagte sie, als ich das Tablett auf dem Nachttisch abstellte. »Wieso hast du so lange gebraucht?«

»Ach, ich habe mir etwas Zeit gelassen«, sagte ich unbekümmert. »Ich wollte dich nicht überraschen, bevor du angezogen bist.«

»Nein«, sagte sie. »Ich bin sicher, daß du so was nicht willst.«

Ich goß den Kaffee ein und setzte mich zu ihr aufs Bett. Sie hatte ein Paar Hosen und einen Sweater angezogen und kauerte mit angewinkelten Beinen auf den Kissen.

»Gut«, sagte sie und biß in eine Orangenscheibe. »Sehr gut.«

Zum ersten Mal, seit ich sie getroffen hatte, fiel es mir schwer, mich mit ihr zu unterhalten. Auf ihr unverbindliches, scherzhaftes Geplauder einzugehen. Im Licht dessen, was ich gerade gesehen hatte, erschien es mir grotesk. Ich hatte den Eindruck, als würde ich in ein Spiel verwickelt, während das Wasser, das mir ohnehin schon bis zum Hals stand, weiter stieg.

Sie hörte auf zu essen, und ich gab ihr Feuer. Meine Hand zitterte ein wenig, als ich ihr das Streichholz hinhielt, so daß sie sie festhalten mußte.

»Was ist heute mit dir los, Pat?«

»Los?«

Sie sagte nichts. Sie legte sich bloß zurück und wartete, und ihre braunen Augen verrieten nicht das geringste darüber, was in ihr vorging...

»Ich bin nur ein bißchen beunruhigt«, sagte ich. »Vielleicht liegt's daran.«

»Beunruhigt worüber?«

»Über das, was mit mir passieren wird. Über das, was mit mir passiert.«

»Passiert?«

»Ja«, sagte ich und erzählte ihr von dem Wagen und meiner Unterhaltung mit Myrtle Briscoe. Irgendwann im Verlauf meiner Ausführungen richtete sie sich plötzlich auf und ergriff meine Hand.

»Pat«, sagte sie, »hast du je daran gedacht, Myrtle alles zu erzählen?«

»Ja«, sagte ich und sah ihr in die Augen. »Ich habe daran gedacht, ihr alles zu sagen. Über alles und jeden. Ich würde dafür vielleicht nach Sandstone zurückgeschickt werden, aber ich glaube, ich hätte bei diesem Ausflug eine Menge Gesellschaft.«

»Vielleicht – « Sie ließ meine Hand los. »Warum tust du's nicht?«

Ihre Stimme klang tonlos, und sie schaute mir in die Augen. Ich hatte eine Drohung ausgesprochen, und ich wußte nicht, was ich damit erreicht hatte. Einen Rat – oder eine Gegendrohung.

»Es tut mir leid«, sagte ich. »Ich kenne außer dir niemanden, an den ich mich wenden kann, und es scheint mir ziemlich nutzlos zu sein, mich an dich zu wenden. Aber weshalb sollte es auch anders sein – natürlich, warum solltest du mir helfen – «

»Glaubst du das wirklich, Pat?«

»Ich weiß nicht«, sagte ich, »was ich glauben soll.«

»Nein.« Sie nickte. »Und das ist die Antwort auf alle Fragen. Du siehst keine Probleme außer deinen eigenen. Du traust niemandem über den Weg. Daß ich dir nicht alles sage, wird mir so ausgelegt, daß ich gegen dich bin. Das ist alles, was du siehst.«

»So ist es nun auch wieder nicht«, sagte ich.

»Doch, so ist es, Pat. Und du tust mir Unrecht damit. Ich habe dir nicht mehr erzählt, weil es nicht gut für dich wäre. Du würdest da in etwas hineinstolpern, das einfach eine Nummer zu groß für dich ist.«

»Ich soll also ruhig dasitzen und gar nichts tun?«

»Genau das.« Ihr Gesicht hellte sich auf. »Im Augenblick mußt du dich damit zufriedengeben, Liebling. Falls sich daran irgend etwas ändert, werd' ich's dir sagen.«

Sie drückte meine Hand, und dann setzte sie sich auf und legte ihre Arme um mich. Sie zog mich hinab in die Kissen, preßte ihr Gesicht an meines und strich mit ihren Lippen an meinem Ohr vorbei.

»Der arme rothaarige Pat«, flüsterte sie. »Er braucht sich keine Sorgen mehr zu machen. Es dauert gar nicht mehr lange . . . und all seine Probleme werden sich in Luft auflösen.

18

Die Falle war kurz davor, zuzuschnappen. Ich konnte es spüren; ich hatte das Gefühl, als würden die Dinge von allen Seiten über mir zusammenbrechen.

Am Montag morgen fuhr ich beim Kapitol vorbei, um Rita Kennedy einen Stapel Kontrollformulare abzuliefern. Natürlich hatten sie keinerlei Bedeutung, aber man mußte den Schein wahren. Der Verein vom Highway Department saß zwar ziemlich fest im Sattel, aber in einem Wahljahr gingen noch nicht einmal sie unnötige Risiken ein.

Rita Kennedy war nicht da, aber sie hatte eine Nachricht hinterlassen, daß sie mich sprechen wolle. Ich verbrachte den Tag damit, zu lesen und in der Gegend umherzufahren, und kam gegen Abend wieder zum Kapitol zurück.

Rita lächelte verquer, als sie die Formulare, die ich ihr reichte, entgegennahm.

»Ich hoffe, meine Abwesenheut heute früh hat Ihnen keine Unannehmlichkeiten bereitet, Pat?«

»Keineswegs«, sagte ich.

»Dann bin ich ja froh. Regnet es eigentlich?«

Ich sagte ja. »Zumindest fängt es gleich an.«

»Oh verdammt«, sagte sie. »Um diese Zeit am Abend kriege ich garantiert kein Taxi. Und ausgerechnet heute habe ich meinen Schirm nicht dabei.«

»Ich habe meinen Wagen da«, sagte ich. »Das heißt, meinen Dienstwagen. Wenn Sie möchten, kann ich . . .«

»Oh ja«, sagte sie sofort. »Nehmen Sie schon mal meinen Mantel, während ich den Schreibtisch abschließe. Ich will hier raus.«

Ich half ihr in den Mantel, und als wir zur Tür hinausgingen, drückte sie sacht meinen Arm. Den ganzen Weg durch den Korridor und draußen bis zum Wagen hielt sie meinen Arm fest. Und man kann nicht sagen, daß sie sich dabei von mir abwandte.

»Ich wollte schon eine ganze Zeit mit Ihnen reden, Pat«, sagte sie, als ich den Wagen vom Parkplatz fuhr. »Kann ich mit Ihnen sprechen, während Sie fahren?«

»Aber ja doch«, sagte ich.

»Vielleicht besser doch nicht. Dieser Verkehr macht mich ganz nervös, und der Regen macht es noch schlimmer. Wir warten damit, bis wir bei mir zu Hause sind.«

»Auch gut«, sagte ich.

»Sie haben es nicht eilig, nach Hause zu kommen?«

»Keineswegs.«

»Dann warten wir. Ich werde Sie nicht lange aufhalten.«

»Selbst wenn, es ist schon in Ordnung«, sagte ich.

»Trotzdem. Bitte reden Sie jetzt nicht weiter.«

Sie nannte mir ihre Adresse, und ich sagte den ganzen Weg über kein Wort. Ich parkte vor einem großen Apartmenthaus, und ein Portier geleitete uns mit einem Schirm zur Eingangstür. Der Fahrstuhl schoß mit uns zu irgendeinem Stockwerk weit oben.

Ich weiß nicht, wie viele Zimmer ihr Apartment hatte. Aber ich weiß, daß es groß und teuer gewesen sein mußte. Es war die Sorte Wohnung, die man sich leistet, wenn man einen Sinn für schöne Dinge hat und das Geld, sie sich leisten zu können.

Das Hausmädchen war eine Negerin, die eine kleine weiße Haube trug und unsere Mäntel nahm. Rita fragte mich, was ich trinken möchte.

»Ein Scotch wäre ganz gut.«

»Ich nehme das gleiche. Setzen Sie sich da ans Feuer, Pat.«

Ich nahm in einem Sessel vor dem Kamin Platz, und Rita kam herüber und lehnte sich an den Kaminsims, nachdem sie auf dem Weg dorthin kurz bei dem Flügel stehengeblieben war, um eine Vase zurechtzurücken. Als die Drinks gebracht wurden, nickte sie mir über ihr Glas hinweg zu, hob es, und als sie es wieder abstellte, war es fast leer.

»Ich habe so das Gefühl, daß dies hier um einiges besser ist, als sie's in Sandstone servieren.«

»Ja«, sagte ich, »das ist es allerdings.«

»Seien Sie deswegen nicht eingeschnappt«, sagte sie. »Wir haben Ihre Vergangenheit genauestens durchleuchtet, Pat. Ob Sie's glauben oder nicht, wir sind extrem vorsichtig, wen wir beim Highway Department einstellen.

»Müssen Sie auch«, sagte ich, und sie lachte.

»Ich glaube, Sie werden gut zurechtkommen, Pat. Wenn Sie vernünftig sind. Haben Sie schon einen neuen Förderer gefunden? Burkman ist weg vom Fenster, das wissen Sie ja.«

»Nein«, sagte ich. »Ich wußte nicht, daß er weg vom Fenster ist.«

»O doch. Daß er die Wahl verliert, ist nur noch eine Formsache. Wir wußten es noch nicht so genau, als wir Sie genommen haben, und wir machen unseren Laden nie dicht, bis wir wirklich sicher sind. Zum Glück für Sie und einen Haufen andere.«

Ich sagte: »Nun –«

»Wir sind die größte von allen Verwaltungsabteilungen, bei uns gibt es die meisten Jobs. Das versetzt uns – die Handvoll an der Spitze – in die Lage, uns dauerhaft einzurichten. Wenn wir einen Kandidaten für aussichtsreich halten, unterstützen wir ihn, auch wenn die Wahl erst im nächsten Jahr stattfindet. Wenn wir sehen, daß ein Mann auf dem absteigenden Ast ist, schütteln wir ihn ab. Wir schmeißen all seine Leute raus. Wir benutzen seine eigenen Leute, um ihn abzusägen, und hieven den neuen Mann rein. Wir haben Burkman abgeschüttelt.«

»Und Sie . . . werfen seine Leute raus?«

»Wir haben sie schon rausgeworfen. Alle, bis auf Sie. Ich dachte, wir könnten vielleicht eine Vereinbarung treffen.«

»Was für eine Vereinbarung?« fragte ich.

»Ein Job gegen ein paar Informationen.«

»Ich habe keine Informationen, die für Sie von Nutzen sein könnten.«

»Vermutlich kann ich das besser beurteilen als Sie. Wir sind neugierig. Vielleicht liegt was in der Luft, wovon wir nichts wissen. Doc hat sich Ihretwegen auf eine Menge Ärger eingelassen. Er gibt sich scheinbar alle Mühe, beide Seiten gegeneinander auszuspielen, um am Ende selbst gut dazustehen. Was ist da los?«

Ich schüttelte den Kopf; ich kannte sie kaum. Dies ging alles zu schnell, zu weit.

»Ich weiß es nicht«, sagte ich. »Und ich könnte es Ihnen auch nicht sagen, wenn ich es wüßte. Doc hat mich aus Sandstone rausgeholt.«

»Und er könnte Sie auch wieder dorthin zurückschicken?«

»Ja. Aber man braucht mir nicht zu drohen, um mich davon abzuhalten, meinen Freund reinzulegen.«

Sie nickte und lächelte ein wenig – als ob sie erwartet hätte, daß ich so etwas sagen würde.

»Ich denke, daß es vielen meiner Bekannten ganz gut tun würde, wenn sie mal eine Zeitlang eingesperrt wären. Nun gut, Pat, Sie können ihren Job sowieso behalten. Noch einen Drink?«

»Nein danke«, sagte ich. »Und vielleicht schmeißen Sie mich besser doch raus.«

»Unfug«, sagte sie. »Sie werden melodramatisch. Falls Sie dort irgendwelche nützlichen Informationen aufschnappen, werde ich mit Ihnen teilen, wenn was dabei rausspringt. Nun gut, Sie können Doc also nur dadurch nützen, wenn Sie ihm etwas von Ihrem Gehalt abgeben.«

»Das würde ich gar zu gerne tun«, sagte ich.

»Sie haben also vor, bei uns zu bleiben. Ich war schon ziemlich durcheinander. Sehen Sie, wir überwachen die Besitzwechsel bei Autos sehr genau. Ich dachte schon, Sie hätten vielleicht die Absicht, fortzugehen.«

»Nein, Ma'am«, sagte ich. »Es ist ein Gebrauchtwagen, und ich habe ihn nur gekauft, um dran rumzuschrauben.«

»Oh. Soweit ich mitbekommen habe, benutzen Sie Ihren Dienstwagen auch nach der Arbeit.«

»Mach ich auch«, sagte ich. »Ich werde den, den ich gekauft habe, in meiner Freizeit aufmöbeln und weiterverkaufen.«

»Ich verstehe.«

»Ich kann gar nicht von hier weg, Miss Kennedy. Ich würde damit gegen meine Bewährungsauflagen verstoßen.«

»So habe ich es auch verstanden«, sagte sie. »Ich habe mir überlegt, ob Sie's tun würden. Sie haben eine Menge zu verlieren, wenn Sie fortgehen, Pat. Was könnnten Sie dabei gewinnen?«

»Nichts. Ich gehe nicht fort.«

Sie lächelte und schüttelte den Kopf ein wenig.

»Haben Sie schon mal ein Buch mit dem Titel *Sappho* gelesen, Pat?«

»Nein – doch. Alphonse Daudet, nicht wahr?«

»Der Held hatte große Verpflichtungen, wenn Sie sich daran erinnern. Eine Karriere, eine stolze Familie. Und alles, was er zu gewinnen hatte, war eine Hure. Eine ungewöhnlich reizende Hure – aber so sind sie doch alle, wenn ein Mann sich in sie verliebt?«

»Ich weiß nicht, wovon Sie reden«, sagte ich.

»Ich rede von Mrs. Luther.«

Ich sagte »Oh«, und ich glaube, daß ich erleichtert aufatmete.

»Es wäre leicht möglich, daß Sie sich in die verliebt haben. Ich würde Ihnen nicht den geringsten Vorwurf machen.«

»Habe ich aber nicht.« Sie konnte einfach nichts davon gehört haben. Wenn es soviel Gerede gab, daß es schon bis zu ihr gedrungen war...

»Was würden Sie tun, wenn ich sage, daß Sie ein Lügner sind?«

»Nun«, ich lächelte. »Von Ihnen würde ich es einstecken.«

»Dann betrachten Sie es als gesagt. Von allen möglichen Arten von Lügnern zählen Sie zu der schlechtesten Sorte.«

»In Ordnung«, sagte ich.

»Wenn ich an Ihrer Stelle wäre, würde ich mal eine Menge nachdenken. Auf mich hat Doc nie Eindruck gemacht, außer durch seine Schlüpfrigkeit, aber er hat mit seiner Frau da eine Menge durchgemacht, und er wird sie nicht ohne weiteres gehen lassen. Jeder Mann hat einen wunden Punkt – etwas, wofür er jemanden umbringen würde. Lassen Sie Mrs. Luther in Ruhe. Lassen Sie die Finger von ihr, und lassen Sie es nicht zu, daß Sie sich an Sie ranmacht.«

»Vielleicht – « Ich stockte. »Vielleicht weiß ich nicht genau, worauf Sie hinauswollen, Miss Kennedy. Mrs. Luther neigt nun mal ein wenig dazu, sich an Männer ranzumachen, ob der Mann daran interessiert ist oder nicht – «

»Das meine ich nicht.«

»Nun – «

»Möchten Sie noch einen Drink? In fünf Minuten muß ich mich allerdings so langsam umziehen.«

»Nein danke.« Ich erhob mich. »Ich weiß es zu schätzen, daß Sie sich mit mir unterhalten haben, Miss Kennedy«, sagte ich. »Aber Sie scheinen etwas gehört zu haben, was einfach nicht wahr ist. Jemand hat Ihnen was Falsches über mich erzählt«, sagte ich.

»Niemand hat mir irgend etwas Falsches erzählt.«

»Nun, ich mache Ihnen keinen Vorwurf daraus, daß Sie sich selbst aus der Sache raushalten wollen. Aber falls da irgendwelche Gerüchte im Umlauf sind – «

»Gute Nacht, Pat. Diese Unterhaltung bleibt streng vertraulich. Sie brauchen sich keine Sorgen zu machen.«

»Worüber sollte ich mir Sorgen machen?«

»Gute Nacht.«

Sie lächelte, aber sie klang erbost – oder vielmehr angewidert. Es war fast, als hätte sie gesagt: »Guter Gott!«

Ich fuhr wieder nach unten, lief zum Wagen und knallte die Tür hinter mir zu. Es war schon spät, und der Regen machte die Nacht noch schwärzer.

Ich hatte gar nicht bemerkt, daß er überhaupt da war, bis er zu reden anfing – bis ein Streichholz aufflackerte und hochgehalten wurde und sein Schein auf ein Gesicht unter einem Hut mit zerbeulter Krempe fiel.

19

Ich erkannte ihn gerade noch rechtzeitig, denn sonst hätte ich ihm wohl einen Schwinger verpaßt. Ausgeholt hatte ich nämlich schon.

»Das da«, sagte ich und ließ mich wieder auf den Sitz zurücksinken, »ist eine gute Art, sich umbringen zu lassen, Mr. Eggleston.«

»Es gibt keine gute Art, sich umbringen zu lassen, Mr. Cosgrove. Ich weiß allerdings, was Sie meinen. Es war mir gar nicht aufgefallen, daß ich nicht zu sehen war.«

»Wie haben Sie mich gefunden?«

»Gefunden? Sie meinen damit, daß Sie zu verhindern versuchten, daß man Sie entdeckt?«

»Sie wissen, was ich meine.«

»Ja. Nun, es war keine Aufgabe, die meine beruflichen Fähigkeiten überstrapaziert hätte. Wer immer Ihre Bewährung erwirkt hat, muß über ziemlich gute politische Beziehungen verfügen. Diese Beziehungen sind mit einiger Sicherheit dazu benutzt worden, Ihnen eine Anstellung zu verschaffen. Ein paar Stunden Observation, ein paar diskrete Fragen – und hier bin ich.«

»Sie sind mir vom Kapitol aus gefolgt?«

»Na und. Ich dachte, es ist besser, als wenn ich Sie im Haus von Dr. Luther anrufe.«

Ich drehte den Zündschlüssel um und trat aufs Gas. Seine Zigarette landete auf dem Boden, und ich hörte das Knirschen seines Absatzes, als er sie austrat. Ich hörte auch noch etwas anderes.

»Noch was vor, Mr. Cosgrove?«

»Ich dachte, ich fahre irgendwo hin, wo wir uns unterhalten können«, sagte ich.

»Wir können uns sehr gut hier unterhalten. Aber fahren Sie ruhig los, wenn Sie wollen. Ich hoffe nur, daß Sie nichts unternehmen, das mich dazu zwingt, Sie zu erschießen.«

»Zur Hölle!« Ich lachte und stellte den Motor ab. »Warum sollte ich so etwas tun?«

»Weil Sie vielleicht denken, ich wäre gefährlich für Sie, wo ich doch in Wirklichkeit Ihr Schutz und Schild bin. Ich habe Ihnen wesentlich mehr zu verkaufen als das Gold meines Schweigens. Etwas noch Wertvolleres, von welchem Standpunkt man es auch betrachtet.«

»Dann lassen Sie mal hören«, sagte ich.

»Zuerst noch ein, zwei Fragen. Und überlegen Sie sich in Ihrem eigenen Interesse die Antworten sehr genau. Nummer eins: Was hat Dr. Luther veranlaßt, Ihre Bewährung zu erwirken? Haben Sie mit ihm gesprochen, als er Sandstone besucht hat, oder – «

»Ich habe ihm einen Brief geschrieben. Ihm und ungefähr hundert anderen. Er hat als einziger geantwortet.«

»Oh, gut. Sehr gut. Sie unterhielten mit ihm keine Bekanntschaft oder so, richtig?«

»Richtig«, sagte ich. »Das hatte ich Ihnen bereits gesagt.«

»Frage Nummer zwei: Wie lange hat es, nachdem Sie diesen Brief geschrieben hatten, gedauert, bis Dr. Luther in Ihrer Angelegenheit irgendwelche Schritte unternommen hat?«

»Ich weiß es nicht genau. Wie ich schon gesagt habe, waren es mehrere Briefe, und ich habe keinen genauen Überblick darüber. Ich denke, es hat ungefähr drei Monate gedauert.«

»Das denke ich auch, Mr. Cosgrove. Offengestanden, ich würde sogar drauf schwören. Nun – «

»Einen Moment«, sagte ich. »Woher wissen Sie das?«

»Weil dieser Zeitpunkt mit einer anderen Handlung Dr. Luthers zusammenfällt, mit einer Reihe von anderen Handlungen. Handlungen, hinter denen das Motiv für Ihre Bewährung zu finden ist. Jetzt aber Frage Nummer drei: Ist irgend etwas vorgefallen, das Sie veranlaßt zu vermuten, daß es zwischen Ihnen und Dr. Luther zu einer tödlichen Auseinandersetzung kommen wird, ohne daß Sie etwas dagegen tun können?«

»Ja«, sagte ich.

»Mrs. Luther?«

»Mrs. Luther.«

»Ich glaube, ich hatte bisher noch nicht das Vergnügen, die Bekannschaft der Dame zu machen. Handelt es sich bei ihr um eine betörende Schönheit – von der Sorte, daß sie mit Erfolg eine tödliche Auseinandersetzung heraufbeschwören könnte?«

»Was mich betrifft, auf keinen Fall«, sagte ich. »Aber es gibt bestimmt eine ganze Menge Männer, die ihretwegen den Verstand verlieren würden. Vermutlich kennen Sie diesen Typ Frau. Groß und schlank, blond und schön. Und einen Hintern.«

»Nun, das wär's dann schon, Mr. Cosgrove. Bis auf eine rhetorische Frage. Haben Sie sich schon einmal darüber Gedanken gemacht, daß die politische Karriere von Dr. Luther sich ihrem Ende zuneigt und er zu dem Zeitpunkt, als er Ihren Brief erhielt, dieses Ende bereits hat absehen können?«

»Ich habe mir darüber eine Menge Gedanken gemacht«, sagte ich.

»Und?«

»Also gut«, sagte ich, »ich bin neugierig. Ich bin mehr als neugierig. Was haben Sie mir zu sagen?«

»Nichts mehr, Mr. Cosgrove. Bis Sie mich – in greifbarer Form – davon überzeugen, daß Sie meine Worte auch zu schätzen wissen.«

»Wieviel?«

»Fünfhundert.«

»Soviel habe ich nicht.«

»Ein technisches Problem. Sie können es auftreiben. Jeder, der soviel Zeit an einem Ort wie Sandstone zugebracht hat wie Sie, weiß, wie er zu Geld kommt.«

»Sie glauben, daß ich – «

»Ich glaube, Sie werden tun, was immer notwendig sein wird, um diese fünfhundert aufzutreiben.«

»Was werden Sie mir sagen, wenn ich Ihnen diese fünfhundert bringe?«

»Die Lösung zu Ihrem Rätsel. Wie man dafür sorgt, daß Patrick Cosgrove am Leben und in Freiheit bleiben kann. Wenn Sie erst wissen, was ich weiß – und Sie eine bestimmte Person von dieser Tatsache in Kenntnis setzen –, werden all Ihre Probleme genauso schnell verschwinden wie der sprichwörtliche Schneeball in der Hölle.«

»Ich bin ziemlich durcheinander«, sagte ich. »Ich verstehe nicht, wie . . . Wie schnell wollen Sie das Geld haben?«

»Spätestens morgen abend. Sagen wir um sechs Uhr.«

»Das ist nicht sehr viel Zeit.«

»Ich glaube nicht, daß Sie noch viel Zeit haben, Mr. Cosgrove. So wie die Dinge sich zuspitzen, glaube ich, daß Ihre Zeit sehr schnell abläuft. Wenn Sie morgen abend nicht wissen, was ich weiß, glaube ich nicht, daß dieses Wissen für Sie – und für mich – noch großen Wert hat.«

»Aber um sechs Uhr«, sagte ich. »Es kann passieren, daß etwas dazwischenkommt und ich mich nicht früh genug auf den Weg machen kann. Können wir das Ganze nicht verschieben auf die Zeit nach dem Abendessen, so etwa gegen acht?«

»Wenn es schon dunkel ist«, sagte er. »Wenn die Mieter der anderen Büros schon aus dem Haus gegangen sind.«

»Was meinen Sie damit?«

»Sie haben recht. Was meine ich wohl damit. Ich werde drauf gefaßt sein, daß es mit Ihnen Scherereien gibt. Ich werde mich drauf einstellen. Wenn ich an Ihrer Stelle wäre, würde ich also nichts anderes mitbringen als das Geld.«

»Ach, verdammt noch mal!« Ich lachte. »Was hätte ich denn schon davon?«

»Also, dann um acht Uhr.«

»Ich werde da sein.«

Ich werde sogar schon vor acht da sein. Ich werde auf Sie warten, wenn Sie vom Abendessen zurückkommen.

20

Doc fuhr gerade den Wagen rückwärts aus der Garage, als ich auf die Veranda trat. Ich blieb stehen und wartete, bis er vorbeikam. Er hielt an, lächelte mir zu und rief:

»Wie läuft's bei der Arbeit, Pat? Sie sind noch nicht rausgeschmissen worden, oder?«

»Nein, warum?« sagte ich und tat ziemlich verwundert. »Sollte ich?«

»Vielleicht doch nicht. Es ist noch ein bißchen zu früh. Hat irgendwer zu Ihnen was über Burkman gesagt?«

»Kein Wort.« Ich schüttelte den Kopf. »Gibt's Ärger?«

»Nuuun«, er stockte. »Nichts, worüber Sie sich Sorgen machen brauchen. Wir müssen einen neuen Fürsprecher für Sie finden. Es gibt schon einige von den Jungs, die Ihnen gern den Rücken stärken würden.«

»Fein«, sagte ich. »Es freut mich, das zu hören.«

»Aber ich dachte mir, daß wir Sie ein bißchen besser einführen sollten. Ich schlage vor, daß wir die Sache morgen abend angehen. Gegen acht. Ich habe dann ein paar Gäste.«

Ich sagte, daß ich kommen würde.

Mit einem erleichterten Seufzen blickte ich ihm nach, als er in der Auffahrt zurückstieß und wegfuhr. Hätte er gesagt, heute abend um acht, wäre es mir unmöglich gewesen, mich mit Eggleston zu treffen. Und wenn ich das verpaßt hätte . . .

Es wäre weit besser gewesen, wenn ich es verpaßt hätte.

Ich fuhr zum Kapitol, drehte eine Runde und machte mich auf den Weg in die Stadt. Um sicherzugehen, daß mir niemand folgte, fuhr ich mehrmals die gleiche Strecke hin und zurück und erreichte nach ungefähr einer Stunde die Innenstadt. Ich stellte den Wagen auf einem Parkplatz ab und ging ins Kino.

Ich verließ die Vorstellung durch einen Seitenausgang, aß zu Mittag und brachte ein paar Stunden in der Stadtbücherei zu. Dann machte ich einige Besorgungen.

Ich kaufte eine kleine, aber starke Drahtschneidezange, eine Rolle Klebeband, ein paar Handschuhe und eine Taschenlampe. Alles in verschiedenen Geschäften. Ich ging in eine öffentliche Toilette, packte die Sachen aus und verstaute sie in meinen Taschen. Ich trat wieder auf die Straße und schlenderte langsam auf den Marktbezirk zu.

Es war jetzt kurz nach fünf Uhr nachmittags.

Schräg gegenüber von dem Gebäude, in dem Eggleston seine Büros hatte, lag eine Arbeiterpinte. Es war ein schmutziges und wenig einladendes Lokal, dem ein ebenso unangenehmer wie durchdringender Geruch von schalem Bier und gebackenem Fisch entströmte. Ich hätte hier nicht gegessen, wenn man mir Geld dafür gegeben hätte, und ich war sicher, Eggleston genausowenig.

Ich setzte mich neben den Eingang an die Bar und bestellte etwas zu trinken. Ich schaute durch das von Fliegen verklebte Fenster.

Die Sicht war nicht so gut, wie ich es gern gehabt hätte. Ich konnte die Fenster von Egglestons Büro sehen, aber nicht den Eingang des Gebäudes, der in einer Seitenstraße etwas abseits der Hauptstraße lag.

Ich nippte ab und zu an meinem Drink, wartete und behielt die Bürofenster im Auge. Ich glaubte nicht, daß er meinen Plan durchschaut hatte. Ich hatte den Eindruck, daß er es mir gesagt hätte, falls es so wäre, denn es hätte ihm nichts eingebracht, mich einfach machen zu lassen. Natürlich wäre es möglich, daß er doch nicht zum Essen ging – in dem Fall mußte ich mir etwas anderes einfallen lassen.

Um sechs gingen einige Lichter in dem Gebäude an. Einige blieben an, aber die meisten verloschen nach wenigen Minuten wieder. In Egglestons Büro waren die Jalousien heruntergelassen, und ich mußte ziemlich genau hinsehen, um herauszufinden, ob das Licht an war oder nicht.

Als es gegen halb sieben endlich dunkel wurde, konnte ich um die Jalousien herum einen schmalen Lichtstreifen erkennen. Ich bemerkte ihn gerade noch rechtzeitig, denn gleich darauf erlosch er. Nun waren alle Fenster auf dieser Etage dunkel. Es lief besser, als ich gehofft hatte.

Ich wartete fünfzehn Minuten und verließ dann die Bar.

Es gab in dem Gebäude zwei Fahrstühle, aber um diese Zeit war nur einer in Betrieb. Ich schaute auf den Etagenplan.

»Kann ich Ihnen irgendwie helfen, Mister?«

Ich schüttelte den Kopf, ohne mich umzuschauen.

Er murmelte etwas in seinen Bart, und sein Stuhl quietschte, als er sich wieder hinsetzte. Dann summte das Aufzugssignal, und er sagte »Verdammt« und stand auf und ruckte an dem Bedienungshebel.

»*Aufwärts*, Mister!«

Ich sagte nichts und schaute mich nicht um. Er knallte die Tür zu, und der Aufzug fuhr nach oben. Ich riß die Tür zum Treppenhaus auf und rannte nach oben.

Auf dem Absatz zum dritten Stock hörte ich, wie der Fahrstuhl hinunterfuhr, und ich wartete, bis sein Licht den Flur erhellte und dann wieder verschwand. Dann rannte ich den Gang entlang und streifte mir die Handschuhe über.

Der dem Flur zugewandte Teil von Egglestons Büro, das Wartezimmer, hatte ein Oberlichtfenster aus Milchglas, das sich über die gesamte Breite bis zum Türrahmen erstreckte. Es stand offen und wurde an beiden Seiten von einer kurzen Metallkette gehalten.

Ich durchschnitt die Metallketten mit der Drahtzange und ließ das Fenster sacht nach innen klappen. Ich schwang mich durch die Öffnung und konnte, als ich drinnen landete, gerade noch die Beine herumreißen, sonst wäre ich mit ziemlichem Getöse auf einem Stuhl gelandet. Ich rückte den Stuhl unter das Oberlicht, kletterte drauf und nahm das Klebeband heraus. Ich brachte das Fenster wieder in seine ursprüngliche Position und klebte die Metallketten zusammen.

Ich setzte mich hin und verschnaufte.

Auf meiner Uhr war es sieben. Eggleston war seit ungefähr einer halben Stunde fort. Wir waren um acht verabredet, also würde er vermutlich frühestens in einer halben Stunde zurückkommen. Ich hatte also viel Zeit ... wozu?

Ich wollte mir eine Zigarette anzünden, doch dann steckte ich die Packung und die Streichhölzer wieder in die Tasche. Es wäre möglich, daß er den Rauch bemerkte. Oder daß jemand das Streichholz aufflakkern sah.

Ich richtete den schmalen Strahl meiner Taschenlampe wieder auf meine Uhr. Ich hatte noch mindestens eine halbe Stunde und nichts zu tun, außer zu warten. Ich wußte nicht, wonach ich suchen sollte. Er hatte es garantiert nicht aufgeschrieben. Er hatte es im Kopf. Es war etwas, das er mir sagen konnte.

Ich dachte nach, wieviel Mühe es wohl machen würde, ihn zum Reden zu bringen.

Ich wog die Drahtzange in der Hand und stand auf. Wenn ich an der Tür stand, konnte man mich dann durch die Scheibe sehen? Auf welche Seite der Tür sollte ich mich besser stellen? Hier links vom Eingang oder auf die andere Seite, wo ich von der Tür verdeckt wäre, wenn sie geöffnet wurde?

Vielleicht doch besser hier. Es wäre möglich, daß er etwas merkte und außerdem eine Waffe in der Hand hatte. Und dann hätte ich nicht genug Zeit, um hinter der Tür hervorzukommen.

Ich setzte mich hin und wartete. Und nach und nach spürte ich, daß sich mein Kopf unwillkürlich nach rechts wandte, zum Arbeitszimmer hin. Die Tür war geschlossen, und das Büro war dunkel. Er war sicher nicht da drin. Er würde nicht im Dunkeln sitzen. Er war nicht darauf gefaßt, daß ich mich so verhalten würde, warum sollte er also dort sein?

Ich dachte darüber nach, und mein Kopf wandte sich immer wieder der Tür zu. Schließlich stand ich auf und ging hinüber und drehte am Knauf.

Sie war nicht abgeschlossen.

Ich stieß sie langsam auf.

Ich duckte mich zurück und drückte mich mit dem Rücken flach gegen die Trennwand. Dann machte ich einen Schritt nach vorn, ging hinein und schaltete meine Taschenlampe an.

Der Strahl wanderte über den Schreibtisch. Er saß da, ein wenig vornüber gebeugt auf seine Ellbogen gestützt; er hatte die Hände übereinandergelegt, als würde er nichts Böses ahnen. Der Stuhl war dicht an den Schreibtisch herangezogen und stützte seinen Körper.

Er würde in dieser Nacht nicht reden. Und auch in keiner anderen. Er war mit dem Reden für alle Zeit fertig.

21

Noch bevor ich seinen Kopf betrachtete, wußte ich, was passiert war. Er hatte den Stuhl dicht an den Schreibtisch herangezogen und seine Ellbogen aufgestützt, weil er etwas zählen wollte. Dies war die Art, wie man normalerweise Geld zählt. Er saß da und zählte, und weil man ihm das Geld so bereitwillig und ohne viel Aufhebens gegeben hatte, war er unvorsichtig. Und dann hatte die Person – der Mann oder die Frau –, die ihm das Geld über den Tisch hinweg gereicht hatte . . .

Ich ließ den Strahl der Taschenlampe wandern. Ich konnte sein Gesicht nicht sehen; sein Kinn ruhte auf seiner Brust, und sein Hut war zu tief heruntergezogen. Aber ich sah seinen Schädel, obwohl er den Hut auf hatte. Ein Teil davon quoll genau zur Hutspitze heraus. Er hatte gar nicht gemerkt, was ihn da getroffen hatte.

Es tat mir nicht leid, daß er tot war. Ich hatte Männer gesehen, die in Ordnung waren und die ohne Grund umgebracht worden waren. Und er war nicht in Ordnung gewesen – er war nicht einmal fair. Er hatte von beiden Seiten kassieren wollen, von der einen dafür, daß er seinen Mund hielt, und von der anderen dafür, daß er ihn aufmachte. Ich hätte mir denken sollen, daß er's auf diese Tour versuchen würde. Der Mörder jedenfalls hatte es sich gedacht.

Ich ging um den Schreibtisch herum und zog eine Schublade auf. Außer einer Pfeife, einer Dose Tabak und einer halbleeren Flasche billigem Whiskey war nichts drin.

Falls es irgendwo in dem dünnen Stoß Briefe, dem Notizbuch mit Eselsohren oder den Dutzenden von gestempelten und ungestempelten Rechnungen etwas von Bedeutung gab, wußte ich nicht, was es war. Vielleicht gab es gar nichts. Ich betastete seine Taschen, so gut es ging, ohne ihn zu bewegen. Ich fand ein paar Streichholzheftchen, eine Brieftasche mit seinen Papieren und sechs Dollar, eineinhalb Päckchen Zigaretten und eine geladene .32er Automatik.

Ich steckte die Sachen wieder dorthin, wo ich sie gefunden hatte, und betrachtete mir den Schreibtisch. Außer einem Abreißkalender gab es auch da nichts. Er zeigte das Datum des nächsten Tages.

Einen Augenblick lang wußte ich nicht, was ich davon halten sollte. Ich drehte mich um und schaute mich genau im Zimmer um auf der Suche nach ... ich wußte noch nicht einmal, wonach ich suchte.

Ich blickte wieder auf den Kalender, und da ging mir ein Licht auf. Es war kein Fehler. An einem Tag wie diesem hätte Eggleston ganz bestimmt keinen Fehler gemacht.

Ich blätterte ein kleines weißes Blatt zurück. Es zeigte das Datum von heute, und zwei Eintragungen waren draufgekritzelt:

Mrs. Luth 5:45
P. Cos 8:00

Ich zog es aus dem Stapel heraus und riß es in kleine Stücke. Ich ging die abgelaufenen Kalenderblätter durch und riß noch ein weiteres Dutzend heraus. Ich warf sie in das Waschbecken, verbrannte sie zu Asche und spülte sie durch den Ausguß. Wenn nur ein Blatt gefehlt hätte, könnte es eventuell etwas zu bedeuten haben, bei mehreren wäre es etwas anderes.

Das Telefon läutete, und ich sprang auf. Instinktiv wich ich zunächst davor zurück, aber dann hob ich doch ab, ließ den Hörer gegen den Schreibtisch knallen und hielt ihn an mein Ohr.

Ich wartete. Und wer auch immer angerufen hatte, wartete auch. Schließlich flüsterte jemand: »Mr. Eggleston?«

Ich konnte nicht sagen, ob es ein Mann oder eine Frau war. Wenn jemand flüstert, ist so etwas immer schwer zu sagen. »Genau der«, flüsterte ich zurück.

»Ich kann nicht laut reden, Mr. Eggleston.«

»Ich bin in der gleichen Lage.«

Ich hoffte, daß ich ungefähr so klang wie er.

»Es tut mir leid, daß ich unsere Verabredung nicht einhalten konnte. Nicht ich persönlich. War es trotzdem in Ordnung?«

»Ich fürchte nein«, flüsterte ich. »Ich fürchte, daß ich darauf bestehen muß, daß Sie hierherkommen.«

»Das ist unmöglich.«

Ich sagte nichts.

»Warum ist es nötig, daß ich herkomme?«

»Ich glaube, Sie wissen warum.«

»Sie haben das Geld doch bekommen. Es ist doch jemand vorbeigekommen.«

Es funktionierte nicht. Ich konnte ihn oder sie nicht dazu bringen, herzukommen. Ich hatte nur eine Möglichkeit. Ich mußte diese Flüsterstimme so aufschrecken, daß ich sie erkennen konnte.

»Ja«, sagte ich mit tiefer Stimme. »Es ist jemand vorbeigekommen, und jetzt sitze ich hier mit eingeschlagenem Schädel. Tot.«

Das klappte auch nicht. Erst war es kurz still am anderen Ende der Leitung, und dann wurde der Hörer aufgeknallt.

Ich rückte Egglestons Leiche vom Schreibtisch weg und durchsuchte ihn ganz. Ich wußte, daß ich das mittlerweile ruhig tun konnte, denn jetzt konnte ich sie nicht mehr dalassen. Die Todeszeit konnte nicht so genau festgestellt werden; allenfalls konnte sie die Polizei mit einer Abweichung von einer halben oder einer Stunde bestimmen. Und weil der Mörder garantiert ein narrensicheres Alibi hatte, war ich der einzige Verdächtige.

Ich hatte eine Chance, wenn sich der Liftboy nicht daran erinnern konnte, daß ich in der Halle herumgelungert hatte. Ich hatte eine Chance, wenn er mich nicht beschreiben konnte, auch wenn er sich an mich erinnern konnte. Aber ich war vorbestraft und auf Bewährung draußen, und ich konnte mich nicht auf diese Chancen verlassen. Irgendwie mußte ich die Leiche aus dem Gebäude herausschaffen und irgendwo verstecken. Der Fluß wäre vermutlich das beste.

Meine Sucherei hatte nichts weiter zutage gebracht als ein paar Schlüssel, einige Münzen und eine halbvolle Schachtel Zigaretten. Ich steckte sie wieder in die Manteltasche zurück, trat einen Schritt weg und betrachtete ihn mir. Er hatte nur sehr wenig Blut verloren, und das war von seinem Hut und seinen Haaren aufgesogen worden. Mittlerweile blutete er gar nicht mehr. Es gab keine Flecken, die man wegwischen mußte. Ich mußte ihn bloß rausschaffen.

Das war alles.

Ich ging zur Tür zum Korridor und stellte fest, daß sie nicht abgeschlossen war. Ich hätte gar nicht zu klettern brauchen, sondern einfach hineingehen können. Ich betrachtete mir noch mal die durchgeschnittenen Ketten des Oberlichtfensters. Man würde sie bestimmt entdecken und Verdacht schöpfen, aber ohne die Leiche waren sie bedeutungslos. Im Lauf der Zeit würde Egglestons Abwesenheit Fragen aufkommen lassen. Aber bis dahin hoffte ich Dr. Luthers Rätsel gelöst zu haben. Ich würde wissen, was Eggleston gewußt hatte, und damit auch, wer ihn umgebracht hatte.

Aber das war etwas, worum ich mich erst später kümmern konnte, falls ich überhaupt noch dazu kommen sollte. Im Augenblick mußte erst Egglestons Leiche von hier verschwinden.

Ich öffnete die Tür, spähte hinaus und schloß sie wieder. Ich ging zurück und in das andere Büro, nahm die Leiche, trug sie zur Tür und öffnete sie sacht. Draußen war noch immer alles ruhig. Die anderen Büros waren dunkel, und kein Laut drang heraus.

Ich ließ die Tür hinter mir zufallen und ging schnell den Flur entlang bis zu der Stelle, wo er abbog. Ich streckte meinen Kopf um die Ecke – auch hier war alles ruhig. Ich ging noch schneller und lief, so rasch ich mit der Last des Leichnams auf meinen Schultern konnte.

Ich erreichte den Aufzug und lud die Leiche vor der Tür des Fahrstuhls ab, der außer Betrieb war. Schwer atmend drückte ich den Summer. Ich hatte den Wagen zwei Querstraßen weiter geparkt. Alles in allem würde ich nur fünf Minuten brauchen. Zwei Minuten, um dorthin zu kommen. Eine Minute, um den Wagen vom Parkplatz zu fahren. Zwei Minuten, um zurückzukommen.

Nur fünf Minuten.

Ich hörte, wie die Fahrstuhltür im Erdgeschoß zufiel. Kabel quietschten. Ich drückte mich gegen die Wand und wartete.

Als der Aufzug hochkam und auf der Etage anhielt, fiel Licht in den Korridor. Die Tür klapperte und öffnete sich mit einem ziemlichen Lärm.

»Abwärts«, knurrte jemand mißmutig.

Ich hielt den Atem an und ballte die Faust, bis sie mir vorkam wie ein harter, lederbezogener Ball.

»Ab – « er streckte den Kopf heraus – »*wähh*!«

Meine Faust schoß wie ein Hammer an sein Kinn. Sein Kopf wurde nach hinten geschleudert, und er taumelte vorwärts auf mich zu. Ich packte ihn und legte ihn auf den Boden des Fahrstuhls. Ich fühlte nach seinem Herzschlag. Es schlug schnell, aber stetig. Er war unverletzt, abgesehen davon, daß er sich auf die Lippe gebissen hatte und diese jetzt aufgeplatzt war.

Die Tür hatte sich automatisch geschlossen. Ich öffnete sie wieder und hielt sie mit dem Fuß fest, während ich nach draußen langte und Eggleston hereinzerrte. Ich fand heraus, wie die Bedienungshebel für den Fahrstuhl funktionierten, und brachte ihn zwischen zwei Stockwerken zum Stehen.

Ich sank auf den Hocker und wischte mir den Schweiß von der

Stirn. Dann mußte ich an die Türautomatik denken, und dieser Gedanke ließ mich augenblicklich hochschnellen.

Ich konnte die Tür nicht offenstehen lassen, während ich den Wagen holte. Nicht mit einem toten Mann in der einen Ecke und einem Bewußtlosen in der anderen. Vielleicht war um diese Zeit nicht sonderlich viel los in dem Gebäude, aber es waren immer noch Leute im Haus, sonst wäre der Aufzug nicht in Betrieb gewesen.

Ich durchwühlte die Taschen des Fahrstuhlführers und fand, was ich suchte – etwas, das ich schon mehrmals gesehen hatte, als es benutzt wurde. Es war ein dünnes, kurzes Stück Metall. Ein Fahrstuhl-»Schlüssel«.

Wenn man es durch zwei überlappende Löcher in der Fahrstuhltür steckte, konnte man damit die Tür von außen öffnen.

Ich ließ es in meine Tasche gleiten, schaltete das Licht aus und manövrierte den Aufzug sacht ins Erdgeschoß.

Ich schaute durch die kleine Glasscheibe in der Tür und stellte fest, daß das Foyer leer war. Ich trat hinaus, die Tür schnappte zu, und ich eilte davon.

Als ich zurückkam, wendete ich vorsichtig links herum und fuhr den Wagen dicht an den Eingang des Gebäudes heran. Die Straße war unbeleuchtet. Die einzige Lichtquelle war das gedämpfte Licht, das aus der Vorhalle fiel.

Ich drosselte den Motor so weit, daß er ganz ruhig lief. Dann glitt ich, nachdem ich die linke Tür entriegelt hatte, zur Beifahrertür hinaus und ließ sie hinter mir offen.

Ich ging auf den Eingang zu – und blieb stehen. Mein Herz blieb einen Moment lang stehen. Jemand war da drin. Hämmerte gegen die Fahrstuhltür. Hämmerte, und jetzt fing er auch noch an herumzubrüllen.

Ich zwang mich weiterzugehen. Ich ging also weiter und spähte hinein, als ich vorbeiging. Ich konnte ihn schlecht sehen, und er schaute auch nicht in meine Richtung. Er war viel zu sehr damit beschäftigt, wutentbrannt die Fahrstuhltür mit Händen und Füßen zu bearbeiten.

Ich wartete einen Moment lang draußen, dann kehrte ich um und ging wieder zurück. Die Zeit! Ich hatte meine Zeit schon lange überzogen. Auch ohne daß jemand von draußen gegen die Tür trommelte, mußte der Fahrstuhlführer jeden Moment wieder zu Bewußtsein kommen. Und wenn das so weiterging, wenn ich nicht hineinkonnte –

Der Lärm schwoll nach und nach zu einem Riesengetöse an. Dann endete er plötzlich, und ich hörte Schritte im Foyer und dann ein anderes Geräusch: das Zuschlagen der Tür zum Treppenhaus. Er hatte aufgegeben. Er hatte sich entschlossen, zu Fuß zu gehen.

Ich rannte zum Eingang und schaute die Straße rauf und runter. Alles ruhig. Gott sei Dank stand dieses Gebäude genau hier, war dies eine Seitenstraße.

Ich spurtete durch die Halle, fummelte den Fahrstuhlschlüssel aus meiner Tasche und steckte ihn hastig in die überlappenden Aussparungen in der Fahrstuhltür.

Aus der Kabine drang ein penetranter Summton. Der Rufknopf. Jemand wollte abwärts. Es hörte sich an, als seien es mehrere Leute. Vermutlich hatten sich einige von ihnen schon zu Fuß auf den Weg gemacht. Waren schon im Treppenhaus. Und ich konnte nicht mehr warten. Was wäre, wenn ich da drin mit einem Toten zusammen eingesperrt wäre, und –

Aus irgendeinem Grund klemmte die Fahrstuhltür, etwas drückte von innen dagegen. Sie ging nicht auf. Sie öffnete sich ein paar Zentimeter, aber – aber –

Das Summen wurde immer lauter. Und dann hörte ich, wie oben irgendwo eine Tür zugeschlagen wurde. Und dann noch eine. Dann Stimmen, die einander etwas zuriefen, und das hallende Echo von Schritten, die auf dem Weg nach unten waren.

Die Tür öffnete sich einen weiteren Zentimeter. Ich ließ den Schlüssel los, steckte beide Hände in die Öffnung und zerrte mit aller Gewalt.

Sie knarrte und quietschte, und dann öffnete sie sich mit einem Ruck. Der Fahrstuhlführer sackte mir entgegen. Er hatte das Bewußtsein teilweise wiedererlangt und die Tür mit seinem Gewicht blockiert.

Er fiel vornüber, seine Knie gaben nach, und sein Kopf sackte auf die Brust. Ich verpaßte ihm einen Schwinger mit der Rechten. Er flog rückwärts in die Kabine zurück, krachte gegen die Rückwand und klatschte mit dem Gesicht auf den Boden.

Es war zu hart gewesen. Ich hatte ihn nicht so hart treffen wollen, hatte aber jetzt auch keine Zeit, darüber nachzudenken. Und keine Zeit nachzusehen, wie es ihm ging.

Ich hob Egglestons Leiche hoch. Ich hielt mit einer Hand die Tür auf und stolperte nach draußen. Jetzt waren es nur noch Sekunden. Ich hatte nur noch ein paar Sekunden, um die Leiche in den Wagen zu schaffen und zu verschwinden. Die Schritte im Treppenhaus kamen näher. Sie waren schon im ersten Stock. Jeden Moment konnte die Tür zur Halle sich öffnen, und –

Ich rannte zum Eingang. Nur noch ein paar Meter. Raus aus dem Foyer und über den Gehsteig zum Wagen. Nur ein paar Meter – und ich konnte es nicht schaffen. Ich konnte weder vor noch zurück. Jemand war zum Eingang hereingekommen.

Ein Polizist in blauer Uniform.

22

Bevor er hereingekommen war, hatte er sich auf der Straße umgesehen, und jetzt blickte er immer noch nach draußen. Einen Augenblick lang blieb ich gelähmt vor Schreck und Angst stehen. Dann, als sich sein Kopf mir zuwandte, handelte ich. Ich tat das einzige, was ich überhaupt tun konnte.

Ich rannte vorwärts und schleuderte die Leiche gegen ihn.

Sie traf ihn in Brusthöhe, und ich hoffte, das würde ihm die Sicht nehmen. Dann kippte er rückwärts um. Er schrie, und ohne etwas sehen zu können, rang er mit der Leiche, während ich an ihm vorbeihechtete und in den Wagen sprang.

Ich trat auf das Gaspedal und griff nach den Türen. Sie knallten zu, der Motor stotterte zunächst, dann heulte er auf, und der Wagen machte einen Satz nach vorn.

Als ich am Eingang vorbeischoß, bot sich mir das bizarre Bild zweier Personen, die über den Gehsteig rollten, während eine andere durch die Halle auf sie zugelaufen kam. Dann war ich schon eine Querstraße weiter, und als ich mich der nächsten Kreuzung näherte, zeigte der Tacho siebzig Meilen pro Stunde an.

Irgendwie bekam ich mich wieder unter Kontrolle. Ich trat auf die Bremse, und der Wagen geriet gefährlich ins Schleudern. Ich ließ für einen kurzen Augenblick das Pedal los, dann bremste ich wieder. Als ich die Kreuzung passierte, war ich ungefähr so schnell wie erlaubt.

Glücklicherweise gab es in dieser Gegend keine Ampeln, und es herrschte wenig Verkehr. Zumindest in diesem Moment war es ein Glück. Auf längere Sicht war es dort sicherer, wo der Verkehr am dichtesten war, das wußte ich. Ich rollte weiter, wurde immer langsamer, ich atmete schwer, und der Schweiß perlte mir von der Stirn in die Augen.

An der nächsten Ecke bog ich links ab und fuhr auf einer Hauptstraße weiter, die durch das Zentrum der Innenstadt führte. Erst jetzt konnte ich in weiter Ferne das schrille Heulen einer Polizeisirene hören.

Ich ließ mich mit dem Strom der übrigen Wagen treiben und durchquerte die Stadt. Ich war in Sicherheit – aber für wie lange? Und an wen würde ich mich wenden können, wenn ich jemanden brauchte – falls sich der Polizist meine Nummer gemerkt hatte oder der Fahrstuhlführer mich beschreiben konnte.

Ganz in Gedanken verloren, fuhr ich ziellos dahin und war plötzlich am anderen Ende des Geschäftsviertels. Ich kam an einem Apartmenthaus vorbei, und auf einmal dachte ich an Hardesty. Er wohnte in dieser Gegend, und er wollte etwas von mir. Mit jemandem, der etwas von einem will, kann man ganz gut Geschäfte machen.

Ich fand seine Adresse, ein Apartmenthaus in der Nähe des Parks, und ich stellte den Wagen auf der gegenüberliegenden Straßenseite ab. Der Portier in der Empfangshalle arbeitete an der Telefonvermittlung und hatte mir den Rücken zugewandt, als ich hereinkam. Ich stieg in den automatischen Aufzug, drückte einen Knopf und fuhr nach oben.

Hardesty trug einen Hausmantel, als er die Tür öffnete. Er setzte zu einem Lächeln an, als er mich sah. Dann riß er die Augen weit auf, und das Lächeln verwandelte sich in eine wutentbrannte Grimasse. Unvermittelt packte er mich an den Schultern und zerrte mich nach drinnen.

»Warum, zur Hölle, sind Sie hierherkommen?« fauchte er mich an und knallte die Tür zu. »Haben Sie nicht genug Verstand, um . . .« Er brach zornig fluchend ab, schritt durch den Raum zu einem großen Radio und knipste einen Schalter an.

Das Radio gab nur ein knarrendes Brummen von sich, und so fluchte er erneut und drehte an einem Knopf. »Hören Sie sich das an«, sagte er knapp.

Ich hörte es mir an.

». . . weitere Informationen über den Mann, der vor wenigen Minuten im Hoddon-Gebäude einen Fahrstuhlführer bewußtlos geschlagen hat, einen Mieter des Hauses ermordet hat und entkommen konnte, nachdem er einen Polizisten mit der Leiche des Ermordeten niedergeschlagen hatte.

Der Mörder ist ungefähr einsneunzig groß und hat rotes Haar und dunkle Hautfarbe. Er ist gut gekleidet; man nimmt an, daß er ein relativ neues Coupé mit einem Nummernschild von außerhalb des Staates fährt. Der Fahrstuhlführer glaubt, daß es sich um den gleichen Mann handelt, der bereits früher am Abend im Gebäude herumlungerte. Es läßt sich bisher kein Motiv feststellen ...«

Der Schalter am Radio klickte wieder.

»Tut mir leid, Pat«, sagte er. »Ich habe mir gerade das da angehört, als Sie anklopften, und da dachte ich, nun ja, rotes Haar und so weiter ...«

Seine Stimme wurde leiser, und er verzog wieder das Gesicht.

»Oh«, sagte er leise. »Dann waren Sie es also doch.«

»Ich bin derjenige, nach dem sie suchen«, sagte ich und nickte. »Aber ich habe niemanden umgebracht. Ich habe den Toten gefunden. Ich hatte Angst, daß man mir den Mord anhängt und deshalb habe ich versucht, die Leiche aus dem Haus zu schaffen.«

Ich berichtete ihm kurz, was passiert war. Er machte einen abwesenden Eindruck, während er mir zuhörte, als sei sein Interesse nur gespielt. Dann allerdings hellte sich sein Gesicht auf.

»Nun gut«, sagte er achselzuckend, »wie's scheint, ist die Beschreibung von Ihnen ohnehin falsch. Nicht mal das Nummernschild von Ihrem Wagen stimmt. Das einzige, wo sie sich nicht geirrt haben, ist Ihre Haarfarbe, und sie können nicht jeden rothaarigen Mann in der Stadt festnehmen.«

»Sie können all diejenigen festnehmen, die ein Vorstrafenregister haben«, sagte ich. »Und außerdem wäre es möglich, daß der Fahrstuhlführer mich identifizieren kann, wenn er mir gegenübergestellt wird.«

»Das bezweifle ich.« Er schüttelte den Kopf. »Außerdem, woher soll die Polizei denn wissen, daß der Mörder ein Vorstrafenregister hat? Nein, nein – am besten wird es sein, wenn Sie sich ein paar Tage ganz ruhig verhalten und sich in dieser Gegend nicht sehen lassen. Dann kommt bestimmt alles in Ordnung. In drei oder vier Tagen wird der Fahrstuhlführer Sie nicht einmal dann erkennen, wenn Sie unglücklicherweise mit ihm zusammenstoßen sollten.«

»Ich kann nur hoffen, daß Sie recht haben.«

»Ich bin da ganz sicher, Pat. Ich weiß, wie diese Dinge laufen. Natürlich wäre es besser gewesen, wenn Sie sich einfach wieder aus dem Staub gemacht hätten, nachdem Sie die Leiche entdeckt hatten, aber daran läßt sich nun ja nichts mehr ändern. Nehmen Sie doch Platz, und trinken Sie einen. Ich glaube, Sie können jetzt einen gebrauchen.«

»Also gut«, sagte er, nachdem er zwei steife Drinks eingeschenkt hatte, »ich frage mich allerdings, ob Sie mir nicht noch was erzählen sollten, Pat.«

»Zum Beispiel?« Ich kippte meinen Drink runter und goß mir noch einen ein.

»Zum Beispiel, wie es überhaupt dazu kam, daß Sie im Büro von diesem Detektiv waren.«

»Ich hatte eine Verabredung mit ihm«, sagte ich.

»Das nehme ich auch an.«

»Er wollte mir sagen, was das alles zu bedeuten hat, warum ich auf Bewährung aus Sandstone entlassen wurde.«

»Ich verstehe.« Er saß ein wenig vornübergebeugt da, die Arme auf die Knie gestützt, und hielt das Glas in der hohlen Hand. Seine Lippen waren zu einem schwachen Lächeln verzogen. »Er wollte Ihnen etwas sagen. Er wurde umgebracht. Was schließen Sie daraus?«

»Sie meinen, daß ich nicht so neugierig sein sollte?«

»Genau das meine ich, Pat.«

»Ich glaube, Sie haben unrecht«, sagte ich. »Ich glaube, daß ich, verdammt noch mal, viel neugieriger sein sollte, als ich es bisher war. Der Mord ist ein Beweis dafür, daß ich ahnungslos in einem Spiel mitmache, in dem ein Menschenleben so gut wie nichts wert ist. Bis heute abend habe ich mir nur Sorgen gemacht. Jetzt weiß ich, daß ich unbedingt herausfinden *muß*, was sich hier abspielt.«

»Oh?« sagte er leise. »Und wie wollen Sie das anstellen, Pat?«

»Ich weiß schon, womit ich anfangen muß. Mrs. Luther hatte heute abend vor mir einen Termin. Ich denke, daraus kann man ziemlich sicher schließen, daß das, was Eggleston wußte, mit ihr zu tun hatte.«

»Hm –« Er trank noch einen Schluck Whiskey. »Nur weiter.«

»Sie hat allerdings die Verabredung nicht eingehalten. Sie hat es jemand anderem erzählt, und wer immer das war, ist hingegangen und hat Eggleston umgebracht. Mit anderen Worten, ihr war die ganze Angelegenheit nicht so wichtig. Um genau zu sein –«, ich stockte kurz, »es war ihr nicht so wichtig wie dieser anderen Person, dem Mörder beispielsweise.«

»Wie«, sagte er, »kommen Sie darauf?«

»Weil sie es nicht selbst erledigt hat. Es war ihr nicht wichtig genug, als daß sie dafür einen Mord begehen würde, andererseits mußte Eggleston aus dem Weg geräumt werden. Deshalb durfte sie den Termin nicht einhalten.«

»Ich verstehe. Sie haben sich das gut überlegt«, sagte er.

»Nicht besonders«, sagte ich. »Sonst würden Sie das nicht sagen. Es basiert alles auf der Annahme, daß es Mrs. Luther war, die heute abend in Egglestons Büro angerufen hat. Ich bin jetzt sicher, daß sie es nicht war.«

Er fing an zu lachen und beugte sich vor. Er wollte mir anerkennend aufs Knie klopfen. Ich zog mein Bein zurück.

»So kommen Sie nicht weiter, Pat«, sagte er trocken. »Ich habe Ihnen gesagt, daß ich zur rechten Zeit alles für Sie regeln würde. Also, warum vergessen Sie nicht einfach einen Moment lang den ganzen Kram, und wir unterhalten uns demnächst mal ausführlich, wenn Sie nicht mehr so durcheinander sind?«

»Ich will es jetzt wissen«, sagte ich. »Was haben Sie mit mir vor? Sie und Doc und wer noch alles in die Geschichte verwickelt ist?«

»Es tut mir leid, Pat. Ich – «

»Verdammt noch mal«, sagte ich. »Sie werden damit herausrücken müssen. Sie wollen, daß ich auf Ihrer Seite mitspiele, und das kann ich einfach nicht, wenn ich nicht in Ihre Pläne eingeweiht bin. Also, wie sieht's aus?«

»Sie sind ein cleverer junger Mann, Pat. Für meinen Geschmack sogar viel zu clever.«

»Danke«, sagte ich.

»Und ich will nicht, daß Sie in den nächsten Wochen irgend etwas unternehmen. Vielleicht einen Monat lang oder so. Warum wollen Sie unnötige Risiken eingehen?«

»Ich verstehe«, sagte ich. »Sie wollen, daß es ganz plötzlich über mich hereinbricht. Damit ich keine Zeit habe, über irgendwas nachzudenken. Ich werde zwei Möglichkeiten haben, und das, was Sie mir zu bieten haben, wird am verlockendsten aussehen.«

»Nun, Pat?«

»Sie wollen, daß ich Doc umbringe«, sagte ich. »Warum?«

»Also, Pat –« er lachte nervös »– wie kommen Sie auf diese Idee?«

»Ist schon gut«, sagte ich. »Ich werde ihn umbringen. Mir reicht es einfach, ich kann nicht mehr. Ich werde es heute abend erledigen und dann verschwinden.«

»Pat!« Er faßte meinen Arm. »Das dürfen Sie nicht. Nicht jetzt. Ich meine – ich –«

Ich schüttelte seinen Arm ab und grinste ihn an. »Nicht jetzt«, sagte ich. »Später aber schon? Das ist es doch, oder? Sie wollen wirklich, daß ich ihn umbringe. Also, raus mit dem Rest!«

»Ich habe dazu nichts mehr zu sagen, Pat. Es ist besser, wenn Sie jetzt gehen.«

Ich nickte und erhob mich. Ich landete eine ansatzlose Gerade, und er fiel rückwärts vom Hocker. Ich machte einen Satz über den Kaffeetisch und landete mit gespreizten Beinen über ihm.

Ich griff mir sein Whiskeyglas und schlug es gegen die Tischkante. Der Rand splitterte, ich faßte es am Boden und hielt ihm das zackige Ende unter die Nase.

Er rollte mit den Augen und hörte auf, sich hin und her zu winden.

»Also los«, sagte ich. »Ich warte.«

»So –« Er keuchte. »So kommen Sie nicht weiter, Pat.«

»Reden Sie!«

»Halt bloß den Mund«, sagte eine Stimme hinter mir, und dann bohrte sich ein runder, kalter und harter Gegenstand in meinen Nakken. »Wetten, daß ich dich abknalle, wenn du nicht aufstehst, Honey. Wetten.«

23

Ich ließ das Glas fallen und stand mit erhobenen Händen auf. Ich drehte mich um. Sie hatte dieses verschmitzte Grinsen auf den Lippen, und ihre Augen strahlten vor guter Laune und Ausgelassenheit.

»Was'n los, Baby? Simmer nich' froh, Mama zu sehn?«

»Gott«, sagte ich. »Gott im Himmel.«

»Armes, kleines Baby. So süß und vertrauensselig und lieb zu Madeline . . . und alles für ein bißchen Rummachen. Noch nicht mal geschlafen hat er mit ihr.«

»Nein«, sagte ich. »Hab' ich nicht. Und jetzt bin ich sogar froh drüber.«

»Tss tss«, sagte sie und grinste wieder. »Die sauren Trauben, oder was meinst du, Bill?«

»Sehr sauer«, sagte Hardesty.

Er hatte sich vom Boden erhoben und das Glas in den Kamin gekippt. Jetzt ging er zu ihr hin und legte den Arm um sie.

Sie lehnte sich an ihn, und ihr duftiges braunes Haar streifte seinen Hals. Sie ergriff seine Hand, hielt sie fest und drückte sie an ihre Brust.

»Da«, sagte sie ruhig. »Nimm du den Revolver, Bill. Meine kleinen Finger tun schon ganz weh davon.«

Hardesty nahm die Pistole und steckte sie in die Tasche. »Die werden wir wohl nicht mehr brauchen«, sagte er. »Pat wird jetzt hoffentlich Vernunft annehmen, oder?«

»Vernunft«, sagte ich.

»Tut mir leid, alter Junge«, sagte er, und es klang beinahe so, als ob er es auch so meinte. »Manche Sachen kann man nur auf die harte Tour erledigen, und das hier ist so eine. Sie hatten niemals eine Chance. Sie waren von Anfang an angeschissen.«

»So sehe ich das auch«, sagte ich dumpf.

»Doc weiß darüber Bescheid, daß Sie sich mit Madeline getroffen haben. Sie sollten sich auch mit ihr treffen. Sie sollten merken, daß irgendwas nicht stimmt. Sie sollten Verdacht schöpfen. Madelines Aufgabe war es, Sie davon abzuhalten, irgendwas zu unternehmen. Sie sollten nur drüber reden.«

»Schon gut«, sagte ich. »Ich verstehe. Ich glaube fast, ich habe es von Anfang an gewußt und wollte nur nicht wahrhaben, daß alles so läuft.«

Das Grinsen auf Madelines Gesicht verschwand. »Ich wollte dir nicht weh tun, Pat. Ich wollte nicht, daß man dir weh tut. Ich habe dir gesagt, daß du zu mir kommen sollst, bevor du irgendwas unternimmst, und du hast mir versprochen, das auch zu tun. Wenn du dein Versprechen gehalten hättest, wäre all das nicht passiert.«

»Ich glaube, du redest besser nicht weiter«, sagte ich. »Ich fürchte, ich werde versuchen, dich umzubringen, wenn du noch ein Wort sagst, und nichts wird mich davon abhalten können, außer ihr bringt mich um. Und das könnt ihr nicht. Noch nicht. Das würde all eure Pläne zunichte machen.«

Hardesty schüttelte verständnisvoll den Kopf. »Es tut uns leid, Pat, glauben Sie mir. Ich hoffe, Sie nehmen es nicht allzu übel.«

»Ihretwegen?« Ich lachte kurz. »Also gut, ich mache mich dann mal auf den Weg.«

»Noch einen Drink vorher?«

»Nein«, sagte ich und ging zur Tür.

Madeline sagte etwas, und ich blieb stehen.

»Warte, Pat! Bitte, warte noch, das hier ist geschäftlich! . . . Bill, vielleicht sollten wir es ihm doch lieber jetzt sagen. Dieser Wagen, ich mache mir Gedanken darüber. Doc hätte ihn nicht so schnell kaufen sollen.«

»Du meinst den – den er Pat zum Geburtstag geschenkt hat?« Hardesty machte eine wegwerfende Geste. »Natürlich hätte er es nicht tun sollen, aber du kennst doch Doc. Er muß jedem immer einen Sprung voraus sein, auch wenn er dabei eventuell im Graben landet.«

»Aber das hier ist was anderes. In einem Augenblick wie diesem würde er sich normalerweise um solche Formalitäten nicht kümmern. Ich habe das Gefühl, daß . . .«

»Unsinn. Die Arnholtgeschichte läuft morgen abend. Es wird mindestens einen Monat dauern, um alles so hinzubiegen, daß die Behörden es schlucken und er abkassieren kann. Und wie soll er denn überhaupt –«

Ihre Blicke trafen sich, und er zuckte mit dem Kopf in meine Richtung. Sie nickte ihm langsam zu.

»Ich glaube, du hast recht. Wenn nicht, sitzen wir fürchterlich in der Klemme.«

»Natürlich habe ich recht«, sagte Hardesty. »Pat, ich will nicht unhöflich sein, aber vielleicht . . .«

Als ich zur Tür hinausging, hörte ich hinter mir ein unterdrücktes Lachen.

. . . Ich trank an diesem Abend eine Riesenmenge Whiskey, und je mehr ich trank, desto nüchterner wurde ich.

Gegen Mitternacht, als mir das Zeug buchstäblich wieder aus den Ohren lief, ging ich ins Bad und kotzte stundenlang. Zumindest kam es mir so vor. Als ich alles draußen hatte, fing ich wieder an zu trinken und machte damit weiter, bis ich endlich einschlief.

In diesem feinen Haus ging ich betrunken zu Bett, ohne daß ich mich vorher ausgezogen hatte. Es war das erste Mal in meinem Leben.

24

Eine lange, heiß-kalte Dusche und eine gründliche Rasur wirkten Wunder. Danach nahm ich einen Drink und zog die Morgenzeitung unter der Tür hervor.

Auf der Titelseite war ein Foto von Eggleston, und dann folgte ein Bericht über ihn, der eine halbe Spalte lang war. Weil der Tote nicht beraubt worden war, nahm man an, daß:

> *. . . der Privatdetektiv, eine seit langem in Scheidungsprozessen bekannte Persönlichkeit, vielleicht auf Geheim-*

nisse gestoßen war, die jemand anderer – vermutlich ein Klient – bei ihm nicht in guten Händen wähnte.

»Ich bin fast sicher, daß unser hochgewachsener, rothaariger Unbekannter und der Mörder ein und dieselbe Person sind«, erklärte Detective Lieutenant Rube Hastings. »Vermutlich hatte er nur vor, Eggleston Angst einzujagen. Aus seiner Handlungsweise würde ich schließen, daß es das war, was er vorhatte. Er ging zu dem Büro hinauf, weil er vermutlich befürchtete, daß ihn der Fahrstuhlführer nach Büroschluß unter Umständen begleiten würde. Allerdings hatte er wiederum nichts dagegen, vom Fahrstuhlführer gesehen zu werden, wie es der Fall gewesen wäre, wenn er den Mord schon zu diesem Zeitpunkt vorgehabt hätte.

Irgend etwas brachte ihn zu der Überzeugung, daß er Eggleston umbringen müßte, oder er hat einfach nur den Kopf verloren. Dann merkte er, daß er die Leiche aus dem Haus schaffen mußte, denn es wäre ja möglich, daß man den ungefähren Zeitpunkt des Todes feststellen und ihm seine Anwesenheit in dem Gebäude nachweisen könnte. Die einzige Lösung war, die Leiche fortzuschaffen und zu verstecken.« Die Tatsache, daß der Mann mit Eggleston offensichtlich gut bekannt war und fürchtete, identifiziert zu werden, beweist Hastings zufolge, daß der Mann sich in dieser Stadt aufhält und vorhat, dies auch weiterhin zu tun. Der Beamte war zwar außerstande zu erklären, warum jemand mit ständigem Wohnsitz in dieser Stadt einen Wagen mit einem Nummernschild eines anderen Staates fährt, aber ...

Er würde nicht mehr allzu lange außerstande sein, das zu erklären. Nicht, wenn er auch nur halb so intelligent war, wie der Bericht ihn erscheinen ließ. Wir waren hier in Capital City, und es gab Hunderte von Behördenwagen mit Dienstnummernschildern. Sie waren weiß und trugen ein S an jedem Ende. Der Polizist hatte letzte Nacht nur einen kurzen Blick auf mein Nummernschild werfen können und daraus geschlossen, daß es aus einem anderen Staat war. Aber es würde nicht lange dauern, bis er seine Meinung änderte, bis er seine Meinung durch Detective Lieutenant Hastings würde ändern lassen.

Ich nahm meinen Geldbeutel aus der Hosentasche und zählte den Inhalt. Nur neun Dollar, aber ich hatte noch hundertfünfzig in der Schreibtischschublade. Doc hatte gesagt, daß sie dort liegen würden, bis er Zeit habe, mit mir zur Bank zu gehen.

Hundertneunundfünfzig Dollar – damit würde ich im Ernstfall schon ziemlich weit kommen.

Ich schaute auf die Uhr, sammelte die Kleider auf, die ich letzte Nacht getragen hatte und hängte sie in den Schrank. Der Fahrstuhlführer hatte ausgesagt, daß ich einen dunklen Anzug getragen hätte – er war blau –, schwarze Schuhe – sie waren hellbraun – und einen grauen Hut – richtig. Ich legte mir einen braunen Hut, einen hellgrauen Anzug und schwarz-weiße Oxfordschuhe zurecht.

Ich zog mich an und hob die Zeitung wieder auf. Auf der Titelseite fiel mir noch ein anderes Bild samt dazugehörigem Artikel auf:

*VORSITZENDER DER PHALANX
SPRICHT HEUTE ABEND*

Fanning Arnholt, Präsident der National Phalanx und Experte für subversive Umtriebe, wird seine landesweite Vortragsreihe heute abend um 20 Uhr 30 mit einer Ansprache in der »Orpheum Hall« eröffnen.

Man erwartet, daß Arnholt, dessen Rede den Titel trägt »Unsere Schulen – Schlachtfelder des Untergrunds«, zu einem Rundumschlag gegen eine große Zahl von Schulbüchern ausholen wird, die seiner Ansicht nach subversiv sind. Sein Erscheinen hier wird von der lokalen Sektion der Phalanx unterstützt.

»Das scharlachrote Gift des Antiamerikanismus fließt ungehemmt in den Adern des Erziehungssystems dieses großen Staates«, erklärte der designierte Anführer des Feldzuges bei seiner Ankunft letzte Nacht. »Das Heilmittel dagegen liegt in den Händen der Masse der zum Handeln entschlossenen Bürger, die die Repräsentanten der Legislative dazu zwingen werden, drastische Maßnahmen zu ergreifen, die geeignet sind . . .«

Damit Docs Verein noch ein letztes Mal absahnen konnte. Ich warf die Zeitung in die Ecke und stand auf, um Henry mit dem Frühstückstablett zu helfen. Ich sagte ihm, daß er bis auf den Toast, den Orangensaft und den Kaffee alles wieder mitnehmen könne. Er drückte sich umständlich um den Tisch herum und stellte alles wieder hin und zurück.

»Ist irgendwas, Henry?« fragte ich.

»Tja –« Er zögerte. »Sie wissen, das Geld, das Sie hatten, Mr. Cosgrove? Da, in Ihrem Schreibtisch?«

Ich nickte. »Was ist damit?«

»Tja – ich weiß nich', ob Sie's schon bemerkt haben, aber es is' weg. Dr. Luther hat es genommen. Ich hab' gedacht, daß ich's Ihnen besser sage, falls er's vergißt. Wissen Sie – wo Willie und ich doch so oft in Ihrem Zimmer sind.«

»Ich verstehe«, sagte ich. »Hat der Doctor etwas gesagt, warum er es genommen hat?«

»Nein, Sir. Er kam nur einfach rein, als ich gestern hier saubergemacht hab', und hat's genommen.«

»Danke«, sagte ich. »Danke, daß Sie's mir gesagt haben. Ich werde es niemandem erzählen.«

Er lächelte mich dankbar an und ging. Ich setzte mich an den Tisch und kaute auf meinem Toast herum.

Neun Dollar. Neun anstatt hundertneunundfünfzig.

Ich trank von meinem Orangensaft, er schmeckte irgendwie nach gar nichts. Ich wußte, wie er mir all das erklären würde. Ich brauchte mich nicht einmal umzudrehen, um noch etwas anderes zu wissen – nämlich, daß ich nicht allein im Zimmer war.

Ich weiß nicht, ob Henry die Tür nur angelehnt hatte, oder ob er sie sehr leise geöffnet hatte. Aber jetzt stand er da, an die Wand gelehnt, und schaute mich durch seine breitrandige Brille an.

Ich goß mir eine Tasse Kaffee ein, trank einen Schluck und drehte mich halb zu ihm um. »Guten Morgen, Doc, Kaffee?«

»Guten Morgen, Pat«, sagte er müde. »Nein danke.«

Er ging am Bett vorbei und setzte sich. Ich wandte ihm wieder den Rücken zu und frühstückte weiter. Hinter mir raschelte die Zeitung.

»Pat?«

»Ja, Doc?«

»Ich habe das Geld genommen, das in Ihrem Schreibtisch lag. Ich dachte, wir eröffnen ein Konto für Sie.«

»Fein«, sagte ich.

»Ich werde allerdings heute nicht mehr dazu kommen, in die Stadt zu fahren. Vielleicht schaffen wir es morgen.«

»Fein«, wiederholte ich, denn ich hatte so etwas erwartet, und was hätte ich sonst auch sagen sollen?

Die Zeitung raschelte wieder, und dann blieb es eine Zeitlang still. Ich trank meinen Kaffee und wartete. Ich wartete darauf, daß er die Geschichte über Eggleston lesen würde. Vielleicht würde er sie sogar zweimal lesen und mich dann anstarren – mich und meine Haare und meine Kleider, und es würde ihm wieder einfallen, daß ich letzte Nacht ausgewesen war.

Als er zu reden anfing, klang seine Stimme etwas zu beiläufig.

»Der Anzug, den Sie tragen, steht Ihnen gut, Pat. Ich glaube nicht, daß ich Sie schon mal damit gesehen habe.«

»Danke«, sagte ich. »Ich habe mir gedacht, wo das Wetter etwas wärmer wird, ziehe ich mal was Leichteres an.«

Ich konnte hören, wie er sich eine Zigarette anzündete, ich konnte sogar hören, wie er den Rauch nachdenklich wieder ausstieß.

»Warum fahren Sie heute nicht mal mit Ihrem eigenen Wagen, Pat? Wenn Sie nicht ab und zu damit fahren, kann die Batterie zusammenbrechen.«

»Ich denke, das werde ich auch machen.«

»Sie können den Dienstwagen ja hier in die Garage stellen.«

»Danke. Werd' ich machen.«

Er redete nicht weiter, bis ich meinen Kaffee ausgetrunken hatte, obwohl ich eigentlich gar keine Lust auf Kaffee hatte. »Ach ja, Pat, da ist noch was. Es geht um die Versammlung, die ich heute abend hier veranstalte. Wenn es Ihnen nichts ausmacht, möchte ich sie in Ihrem Zimmer abhalten.«

»Ganz wie Sie meinen, Doc.«

»Wir werden die Möbel ein bißchen umstellen müssen. Ein paar Stühle reinbringen und so weiter. Wenn Sie heute außerhalb zu Abend essen, könnten wir alles arrangiert haben, bis unsere Gäste ankommen.«

»Ich bin Ihnen gern behilflich.«

»Nein, nein, das ist nicht nötig. Henry und Willie werden sich um alles kümmern. Richten Sie es einfach so ein, daß Sie um halb neun hier sind – vielleicht auch ein paar Minuten früher. Wir werden uns eine Radiosendung anhören, und ich möchte nicht, daß noch jemand reinkommt, nachdem es angefangen hat.«

Ich nickte und drehte mich um.

Er stand vom Bett auf und schlenderte zur Tür. Er hatte die Augen zusammengekniffen und wich meinem Blick aus.

»Die Welt ist schon hart, nicht wahr, Pat«, sagte er tonlos, und seine Stimme klang dabei müde.

»Ich dachte das eigentlich auch«, sagte ich, »bis Sie aufgetaucht sind.«

»Was meinen Sie damit?« Er warf mit einen scharfen Blick zu.

»Es ging mir darum, was Sie alles für mich getan haben«, sagte ich. »Die Anzüge, der Job, der Wagen, die Wohnung, die – nun, die Freundschaft, die ich Ihnen verdanke. Ohne daß Sie eine Gegenleistung erwarten. Einfach, weil ich Hilfe brauche. Wie kann man der Ansicht sein, daß die Welt schlecht ist, wenn es jemanden wie Sie gibt?«

Er wurde langsam rot im Gesicht. Seine Unterlippe zog sich hinter die vorstehenden Zähne zurück.

»Ich sehe Sie dann heute abend, Pat«, sagte er unvermittelt, und die Tür fiel hinter ihm ins Schloß.

25

Ich rief Rita Kennedys Büro an. Als ich ihr sagte, wer ich war, hörte ich, wie sie Luft holte. Es war ein scharfes, zischendes Geräusch.

»Ich hab' wieder ein paar Formulare fertig«, sagte ich. »Soll ich sie heute vielleicht vorbeibringen?«

»Ich – ist mir egal«, sagte sie. »Vergessen Sie's einfach. Und lassen Sie Ihren Wagen zuhause. Wir schicken in den nächsten Tagen jemanden vorbei, der ihn abholt.«

»Oh«, sagte ich. »Sie wollen damit sagen, daß ich gefeuert bin.«

»Ich bedauere, Pat. Sie werden bis einschließlich gestern bezahlt. Wir können es uns nicht leisten, jemanden wie Sie weiterhin zu beschäftigen. Das . . . das hat mit Ihrer Arbeit nichts zu tun, ich hoffe, Sie verstehen das.«

Ich verstand nur zu gut. Es waren bereits Nachforschungen im Gang, und Rita Kennedy hatte wahrheitsgemäß geantwortet. *»Ein hochgewachsener, rothaariger Mann? Nein, bei uns gibt's keinen von der Sorte.«*

»Wann wird der Scheck denn ankommen?« fragte ich.

»Ich fürchte, es wird ein paar Tage dauern. Ich würde nicht drauf warten.«

»Ich bin pleite, Miss Kennedy«, sagte ich.

»Pleite!« sagte sie. »Ach du lieber Gott!« Und dann wich die Anteilnahme aus ihrer Stimme, und sie war wieder genauso kurz angebunden wie bei unserer ersten Begegnung. »Es tut mir leid, Pat. Ich habe getan, was ich tun konnte. Eigentlich war es schon mehr, als ich hätte tun sollen.«

»Ich weiß«, sagte ich. »Und ich weiß es auch zu schätzen.«

»Sie brauchen mir nicht zu danken. Niemals. Ich habe eigentlich gar nichts getan. Man kann nun wirklich nicht erwarten, daß ich mich an jeden erinnere, der mal hier gearbeitet hat.«

»Natürlich nicht«, sagte ich. »Wiedersehn, Miss Kennedy.«

»Pat.«

»Ja, Ma'am?«

»Warum haben Sie das getan?«

»Ich war's nicht. Aber ich werde es nie fertigbringen, irgend jemanden davon zu überzeugen.«

»Hatte es was mit Doc zu tun?«

»Irgendwas schon«, sagte ich. »Aber ich weiß nicht genau was.«

Es folgte ein kurzes, ungläubiges Lachen, dann klickte es im Hörer. Das war das Ende zwischen mir und Rita Kennedy. Was sie betraf, existierte ich nicht länger.

Es war zu spät, um sich jetzt noch an Myrtle Briscoe zu wenden. Ich konnte jetzt, da ich unter Mordverdacht stand, nicht mehr zu ihr hingehen.

Ich fuhr in die Innenstadt und schlich im Schneckentempo an dem Gebäude vorbei, in dem Eggleston sein Büro hatte. Natürlich gab es dort nichts zu sehen. Ich tat es einfach nur, um ein bißchen Zeit totzuschlagen, denn der Tag, der vor mir lag, war noch lang. Vielleicht war es der letzte Tag, den ich in Freiheit zubringen würde. Wenn es nach mir gegangen wäre, hätte ich ihn zuhause verbracht. Aber Doc hatte mir ziemlich unmißverständlich zu verstehen gegeben, daß er mich vor heute abend nicht im Haus haben wollte, und wenn ich zurückgefahren wäre, hätte es mit einiger Sicherheit Ärger mit ihm gegeben. Über kurz oder lang würde es zwar sowieso darauf hinauslaufen, aber es hatte keinen Zweck, ihn zu provozieren. Wenn sich Doc sicher wäre, daß es mit mir auf der Kippe stand, wäre er bestimmt der erste, der mir einen Tritt verpaßte, ganz egal, was er ansonsten mit mir vorhatte.

Ich bog um die Ecke und fuhr die Straße hoch. Mir war nicht danach, einen Film anzusehen, und ich hatte auch keine Lust, in die Bibliothek zu gehen. Ich wollte auch nirgendwohin, um einen zu trinken, aber ich mußte einfach irgend etwas tun. Ich fuhr den Wagen auf einen Parkplatz und stand da und wartete auf den Parkwächter, der noch damit beschäftigt war, einen anderen Wagen einzuparken.

Er hatte ein breites Lächeln auf dem Gesicht, als er zu mir hergelaufen kam, und dann gefror das Lächeln, und mir wurde klar, daß dies nun wirklich der letzte Ort in der Stadt war, wo ich hätte hinfahren sollen.

»Bitte schön«, sagte er und versuchte sich nichts anmerken zu lassen. »Wie lange wollen Sie bleiben, Sir?«

»Nur so lange, wie's braucht, einen Reifen zu wechseln«, sagte ich. »Das machen Sie doch, oder?«

»Na ja – ähm –« Er stockte und starrte mich an.

»Also, wie sieht's aus«, sagte ich gereizt. »Ich hab' auch nicht den ganzen Tag Zeit.«

»Ähm.« Das Mißtrauen verschwand langsam aus seinem Gesicht, und er wurde allmählich rot vor Wut. »Ich kann jemand auftreiben, der's für Sie erledigt. Sie können den Wagen hier stehenlassen, und ich bestelle jemanden her.«

»Verdammt noch mal«, sagte ich. »Was glauben Sie, wieviel Zeit ich habe? Gibt's hier in der Nähe irgendwo eine Werkstatt?«

»Sie – Sie arbeiten für den Staat, Mister?«

»Für den Staat arbeiten?« Ich schnauzte ihn an. »Glauben Sie, ich würde mit so einem Wrack durch die Gegend kurven, wenn ich für den Staat arbeiten würde? Also, wissen Sie jetzt, wo ich einen Reifen wechseln lassen kann oder nicht?«

Er schüttelte den Kopf. Nicht, um meine Frage zu beantworten, sondern die, die er sich selber stellte. Ich war nicht derselbe Mann – er würde kein Held werden.

Ich murmelte irgend etwas von wegen Schotterkopf, gerade so laut, daß er's mitkriegen konnte.

Genau in diesem Moment fuhren ein paar andere Wagen die Auffahrt hoch, und er kam nicht mehr dazu, noch etwas zu sagen, und mir blieb es erspart, darauf antworten zu müssen. Er trottete mißmutig davon, und ich fuhr weg. In den nächsten zehn Minuten brachte ich gut fünf Meilen hinter mich.

Ich bog in eine Seitenstraße in einer Wohngegend ein und fuhr konstant fünfzehn Meilen pro Stunde. Dann schaltete ich das Radio ein und hörte auf die Durchsagen der Polizei. Ich kurvte etwa bis Mittag durch die Gegend, und im Radio kam nichts über mich. Sie waren also nicht auf der Suche nach mir. Noch nicht.

Gegen Mittag hielt ich an einem Drive-in, aß im Wagen einen Hamburger und trank dazu eine Flasche Bier. Nachdem ich die Rechnung bezahlt hatte, blieben mir von meinen neun Dollar noch achtfünfzig. Ich mußte wieder an Doc denken und an die hundertfünfzig, die er sich gegriffen hatte.

Je länger ich darüber nachdachte, desto sicherer war ich mir, daß er das Geld genommen hatte, damit ich mich nicht aus dem Staub machen konnte. Er hatte nie vorgehabt, ein Konto für mich zu eröffnen, und das war auch jetzt nicht anders. Aber es war etwas geschehen, oder es stand noch etwas bevor, das es ihm nicht besonders ratsam erscheinen ließ, wenn ich das Geld noch länger zur Verfügung gehabt hätte.

Es konnte nichts mit Eggleston zu tun haben, weil er nicht hatte vorhersehen können, daß ich in diese Angelegenheit verwickelt war. Das einzige, was anstand, war dieser Plan im Zusammenhang mit Fanning Arnholt. Also hatte er wohl vor, mich da mit hineinzuziehen. Er wollte mich also ausnutzen, und zwar nicht erst in einigen Wochen, sondern heute nacht.

Ich mußte an Madeline und Hardesty denken und konnte mir ein Grinsen nicht verkneifen. Das würde ihnen alles ganz bestimmt nicht in den Kram passen. Die Sache sollte hochgehen, ohne daß sie Bescheid wußten und sich darauf einstellen konnten, und sie würden die Dreckarbeit selber machen müssen, statt mich mit hineinzuziehen.

Ich war sicher, daß ihnen das nicht gefallen würde. Kein bißchen. Hardesty wäre es angesichts der respektablen Stellung, die er in der Stadt genoß, bestimmt ganz besonders zuwider, alles auf eine Karte setzen zu müssen. Zwischen ihm und Doc und Madeline würde es zu einem Heidenstunk kommen. Wenn ich Glück hatte, konnte ich bei der Gelegenheit vielleicht genug erfahren, um den Mord an Eggleston aufzuklären.

Ich fragte mich, wie Doc den Plan mit Arnholt heute abend über die Bühne bringen wollte, einen Plan, der sogar meiner Einschätzung nach zwei oder drei Wochen dauern konnte. Dann mußte ich an diese seltsamen Anwandlungen denken, die er manchmal bekam – damals zum Beispiel, als ich die erste Nacht aus Sandstone draußen war –, und plötzlich wußte ich ganz genau, daß er es heute abend über die Bühne bringen würde. Ich ahnte, daß es deswegen – und vielleicht noch wegen etwas ganz anderem – zu einer Auseinandersetzung mit Hardesty und Madeline kommen würde.

Madeline . . .

Ich versuchte, nicht an sie zu denken. Wenn ich an sie dachte, fing ich an, mich selbst zu hassen, weil – nun ja – ich konnte sie einfach nicht hassen. Ich konnte nicht, egal, was sie getan hatte oder noch tun würde, und ich wußte, daß ich es nie können würde.

Langsam verging der Nachmittag. Ich fuhr bis drei in der Gegend umher und trank noch ein Bier in einem Drive-in. Und dann fuhr ich weiter und hielt mich immer in Wohngegenden auf, bis ich gegen fünf Uhr bei einem Barrestaurant in der Nähe haltmachte.

Ich setzte mich ans Ende der Theke und bestellte ein Schinkensandwich, Kartoffelsalat und Kaffee. Es war ein kleines Lokal in einer Seitenstraße, und ich war der einzige Gast. Meine Handgelenke schmerzten vom dauernden Fahren den ganzen Tag über, und ich beschloß, etwas von der verbliebenen Zeit hier totzuschlagen.

Nachdem ich gegessen hatte, bestellte ich mir einen Brandy und steckte ein paar Groschen in die Jukebox. Ich würfelte mit dem Barmann um Drinks und gewann einmal und verlor zweimal. Gegen sieben Uhr hatte sich meine innere Anspannung so weit gelegt, wie es unter diesen Umständen möglich war.

Und dann kam der Polizist herein.

Er war ein großer, schwerfälliger Bursche mit einem breiten, roten Gesicht, und er hatte kleine, runde Augen, die starr in eine Richtung blickten. Er kam langsam durch die Tür, schwenkte seinen Gummiknüppel, als sei er eine Verlängerung seines Fingers, und blieb an der Bar stehen. Er besah sich das Lokal – die Wände, die Decke, den Boden und die Ausstattung –, er betrachtete alles mit einem Blick, als ob er vorhabe, es zu kaufen. Dann trottete er zu uns hin.

Der Barmann hatte gerade gewürfelt und reichte mir den Becher. Meine Finger waren klamm, als ich ihn nahm, und der Polizist schwang seinen Gummiknüppel hoch, hielt ihn dann fest und deutete damit über seine Schulter.

»Ihr Coupé, da draußen?«

»Ja«, sagte ich und setzte mich so hin, daß ich jederzeit schnell aufstehen konnte. »Es gehört mir.«

»Neu gekauft?«

»Nein.«

»Wie lange haben Sie's schon?«

»Nicht sehr lange«, sagte ich.

Er starrte mich mit großen Augen an, senkte den Knüppel und schlenkerte ihn wieder hin und her.

»Teuer gewesen?«

»Hundertfünfundsiebzig.«

»Wo ham' Sie's gekauft?«

»Capital Car Sales.«

Er klemmte den Knüppel unter seinen Arm, nahm einen Bleistift aus seinem Mützenrand und zog einen Notizblock aus seiner Gesäßtasche. Er schrieb etwas in den Block, wobei er mit dem Mund stumm mitbuchstabierte, was seine Hand gerade schrieb. Er klappte den Block zu, steckte ihn wieder ein und schob auch den Bleistift wieder an seinen Platz zurück.

»Bin auf der Suche nach 'nem billigen, guten Coupé«, sagte er, »glaube, ich geh' mal da vorbei und seh' mich mal um.«

Dann walzte er hinaus, und der Knüppel tanzte und wirbelte um seine Fingerspitzen.

Ich bestellte noch zwei Drinks – welche von der härteren Sorte – und machte mich davon.

Es war Viertel nach acht, als ich die lange, von Holzbalustraden eingefaßte Straße zu Docs Haus hochfuhr.

Ich war noch drei Blocks vom Haus entfernt, als ich ein Coupé sah, das an der Straßenbegrenzung geparkt war. Ich war ausgeschert, um daran vorbeizufahren, da trat eine Frau in den Lichtkegel meiner Scheinwerfer und winkte.

Lila.

»Oh, Pat«, sagte sie, als ich neben ihr angehalten hatte. »Ich bin so froh, daß Sie vorbeikommen. Anscheinend ist mir das Benzin ausgegangen.«

»Das ist schlecht«, sagte ich. »Wenn Sie sich ans Steuer setzen, schiebe ich sie bis nach Hause.«

»Ach, nein, das macht doch zuviel Umstände«, sagte sie, öffnete die Beifahrertür und stieg ein. »Wir lassen ihn einfach hier, und ich schicke einen der Jungs vorbei, um ihn abzuholen.«

Ich zog die Tür hinter ihr zu, aber ich fuhr nicht los. Sie wäre in fünf Minuten zuhause gewesen, wenn sie zu Fuß gegangen wäre. Es gab keinen Grund, auf mich zu warten. Aber offensichtlich hatte sie das getan.

Ich drehte mich zu ihr um und schaute sie an. Ihr Lächeln

strahlte in der Dunkelheit. »Nun, Pat, sollten wir nicht langsam losfahren?«

»Lila, Doc hat dir doch gesagt, daß du hier auf mich warten sollst. Warum?«

»Also, Pat, was redest du da?« Sie lachte. »Ich hab' dir doch gesagt, daß mir das Benzin ausgegangen ist.«

»Weißt du eigentlich, was du tust, Lila? Oder machst du einfach nur das, was man dir sagt, ohne zu fragen?«

Sie schüttelte den Kopf, anstatt zu antworten.

»Lila«, sagte ich. »Ich glaube, du bist ziemlich in Ordnung. Zumindest glaube ich, du wärst gern ziemlich in Ordnung. Aber du hängst in einer ziemlich finsteren Sache mit drin. Und wenn du so weitermachst, kann es sein, daß dir das gleiche passiert wie Eggleston.«

»Eggleston?« Sie klang, als sei sie ziemlich durcheinander. »Wer ist das?«

»Du weißt, wer er war. Der Privatdetektiv.«

»Ich kenne niemand, der Eggleston heißt – ich kenne keine Privatdetektive.«

»Das kannst du mir nicht weismachen«, sagte ich. »Du hattest gestern abend einen Termin bei ihm ... und er wurde umgebracht.«

»Umgebracht?« Aus ihrer Stimme klang das schiere Unverständnis. »Und ich hatte einen Termin bei ihm? Du machst Witze, Pat!«

Ich faßte sie bei den Armen und schüttelte sie. Dann ließ ich sie los und rutschte wieder hinter das Lenkrad.

»Schon gut«, sagte ich. »Ich hab' einen Witz gemacht. Ich werde dich jetzt nach Hause fahren.«

»Ich weiß nichts drüber. Wirklich. Ich habe keine Ahnung.«

»Nein«, nickte ich, »du hast keine Ahnung. Eggleston hatte einen Termin mit Mrs. Luther. Du bist nicht Mrs. Luther.«

26

Sie stöhnte auf und drehte sich ruckartig zu mir herum.

»Das ist nicht wahr! Wieso – warum –« Ihr Lachen klang ziemlich hysterisch. »Das ist das letzte, was ich je zu hören gekriegt habe.«

»Auch gut, na und«, sagte ich, »nehmen wir also an, daß du

Mrs. Luther bist . . . Du bist Docs Frau, und deine Ehe kümmert dich einen Dreck. Du bist Docs Frau und hast Eggleston letzte Nacht umgebracht oder ihn zumindest umbringen lassen.«

Damit hatte ich sie. Jetzt saß sie doppelt in der Klemme. Einerseits verletzte es ihren Stolz, und andererseits bekam sie eine Heidenangst.

»Du – du hast das nur so geraten«, sagte sie schließlich. »Ich hab's dir nicht gesagt!«

»Nein«, sagte ich. »Du hast es mir nicht gesagt. Doc war's. Er hat mir genug erzählt, und ich hätte eigentlich von selber draufkommen können. Wie hat das alles angefangen, Lila. Warst du seine Patientin?«

»N-nein.« Sie zitterte. »Am Anfang nicht. Ich habe ihn im Zug getroffen, als ich hierherkam – ich glaube, es war vor zehn Jahren. Ich konnte kaum noch schlafen, und ich dachte, ich werde verrückt. Ich sprach mit ihm, und hinterher fühlte ich mich besser. Und als er seine Praxis hier eröffnete, ging ich zu ihm in Behandlung. Ich – er fand heraus, was mich so durcheinanderbrachte.«

»Was war es?« Ich versuchte wirklich, sanft und mitfühlend zu klingen. »Hattest du jemanden umgebracht?«

»Meinen Mann. Ich – ich wollte es nicht, ich glaube nicht, daß ich es mit Absicht getan habe – aber ich glaube, das spielt keine Rolle. Ich hatte es einfach satt, ihn zu bedienen und mich um ihn zu kümmern – ich glaube, das ist es gewesen –, und da habe ich ihm zuviel von seiner Medizin gegeben. Alle haben gesagt, ich hätte ihn umgebracht. Sie konnten nichts beweisen, aber das Gerede hörte nicht auf. Ich mußte einfach von dort weg.«

»Und Doc hat da weitergemacht, wo deine Nachbarn aufgehört haben«, sagte ich. »Er hat dir eingeredet, daß du einen Mord begangen hast. Ich kann mir sogar vorstellen, daß er dich dazu gebracht hat, es zuzugeben, stimmt's?«

Sie drehte sich um und schaute mich mit großen Augen an. »Das hört sich an, als ob du nicht glaubst, daß . . . daß ich . . .«

»Jedenfalls nicht, daß du es mit Absicht getan hast«, sagte ich. »Doc wollte dich ausnutzen, und er hat dir eingeredet, daß du deinen Mann ermordet hast. Ich kann mir fast denken, was dann passiert ist, nachdem er angefangen hat, dich als seine Frau auszugeben. Er –«

»Du brauchst nicht groß rumzuraten, Pat«, sagte sie und dann erzählte sie mir, wie sich alles abgespielt hatte.

Doc spielte mit den großen Tieren in Capital City ein hochkarätiges Katz-und-Maus-Spiel, für das er sie brauchte. Es ging dabei nicht um

Bargeld. Das hätte erstens unter Umständen zu einer Erpressungsklage führen können und außerdem haben Leute, die sich nicht selber die Hände schmutzig machen müssen, selten große Barvermögen. Also verlangte Doc, wenn er seine »Frau« in einer verfänglichen Situation mit einem von den fetten Hengsten erwischte, einfach nur sein Stück vom großen, fetten Kuchen namens Politik. Damit hatte er Zugang zu diesen Cliquen, konnte aber jederzeit wieder abspringen, denn ewig würde er diese Masche nicht reiten können. Wie es nun einmal so war, wurde über manche Dinge geredet, und es fiel auf, daß Lila Luther ein bißchen zu leicht zu haben war und Doc anscheinend immer nur dann eifersüchtig wurde, wenn er daraus Kapital schlagen konnte.

Es war zwar nicht möglich, ihn wegen Erpressung anzuzeigen, aber wenn es herauskam, konnten seine Opfer ihn aus der Stadt jagen. Sie konnten dafür sorgen, daß absolut niemand mehr, auch nicht in den dunkelsten Winkeln der Politik, es sich leisten konnte, mit Doc geschäftlich zu tun zu haben.

»Ich nehme an, daß er mich deswegen so sehr haßt«, schloß Lila. »Es ist Jahre her, daß ich für ihn von Nutzen war, aber er mußte mich weiter da behalten. Er mußte mich so behandeln, wie man es von einem Mann in seiner Position erwartet. Ich glaube, auf lange Sicht hat er mir mehr gegeben als ich ihm.«

»Wie ging es dir dabei, Lila?«

»Ich weiß nicht, Pat.« Sie zuckte mit den Achseln. »Ich weiß nicht mehr. Anfangs habe ich mich gewehrt, aber dann habe ich einfach aufgegeben. Ich bin nicht besonders klug – aber das brauche ich dir ja nicht zu sagen. Es gibt keine Arbeit, zu der ich irgendwie tauge, und Doc hatte mich im Griff, und – na ja – ich habe einfach aufgegeben. Was hätte ich denn sonst tun sollen?«

»Weißt du, was Doc wegen Fanning Arnholt vorhat?«

»Fanning Arnholt?« Sie sah mich verständnislos an.

»Die Sache mit den Schulbüchern.«

»Keine Ahnung, Pat. Wirklich nicht.«

Ich stellte ihr noch ein paar Fragen und versuchte, sie aufs Glatteis zu führen. Aber sie sagte die Wahrheit. Sie hatte keine Ahnung von Docs Plänen. Sie tat, was man ihr sagte, und stellte keine Fragen.

»Ich werde dir jetzt was sagen, Lila, und ich möchte, daß du mir auch glaubst. Du sitzt verdammt tief in der Tinte. Fast so schlimm wie ich. Doc wird sich heute abend aus dem Staub machen. Du wirst allein zurückbleiben, ohne Geld, und vermutlich auch ohne ein Dach über dem Kopf. Und außerdem wirst du mitten drinstecken in einem der größten Skandale, von denen Capital City jemals erschüttert wurde.«

Sie drehte sich erschrocken zu mir herum. Dann fing sie an, ungläubig zu lachen. »Aber – wie? Warum? Ich meine –«

»Ich kann das jetzt nicht alles erklären. Es würde zu lange dauern. Du würdest es auch nicht verstehen. Aber denk doch mal nach. Wenn nicht du Mrs. Luther bist, wer ist es dann?«

»Wer?« Sie lachte schon wieder. »Warum – nun – niemand. Ich meine, Doc hat es sich einfach –«

»Na, na. Er hat sich die Geschichte nicht einfach nur ausgedacht. Er hat damit gerechnet, daß man das nachprüfen würde. Er hat unter genau den Umständen geheiratet, die er geschildert hat, und seine Frau ist nachgekommen, als er hier Fuß gefaßt hatte. Er hat sie, so gut er konnte, aus der Dreckarbeit herausgehalten und statt dessen dich benutzt. Und jetzt geht die Wahl den Bach runter . . . Also, was glaubst du, wird passieren, Lila?«

»Ich –« Sie runzelte die Stirn, versuchte angestrengt nachzudenken, und ihr fiel absolut gar nichts ein. »Ich weiß nicht – sag du mir, was ich tun soll, Pat!«

»Es war so geplant, daß du mich hier heute abend treffen solltest?«

»Ja. Ich sollte es so aussehen lassen, als ob wir zusammen ausgewesen wären.«

Das war also das Finale. Zumindest schien es so, aber ich war mir nicht ganz sicher. Wenn ich jetzt alles platzen ließ, hatte ich keine Beweise. Ich konnte die Sache nur ein einziges Mal aufziehen, und wenn es schiefging, würde ich nie mehr eine Chance bekommen.

»Sag mir, was ich tun soll, Pat!«

Ich zögerte. Dann nahm ich ein Notizbuch und einen Bleistift aus meiner Tasche. »Mach genau das, was du zuerst vorhattest«, sagte ich. »Aber dann tust du folgendes: Wenn – falls – ich dir zunicke, entschuldigst du dich und rufst diese Nummer an. Sag ihr, daß sie –«

Ich zögerte wieder . . . zu Docs Haus kommen soll? Nein. Von dort aus konnte er nicht verschwinden. Er mußte einiges mitnehmen – Kleidung, Toilettenartikel und so weiter –, und das konnte er nicht aus dem Haus mitnehmen.

»Sag ihr, sie soll zu dieser Adresse kommen und Verstärkung mitbringen. Sag ihr, sie sollen das Haus umstellen, und . . .«

Ich ging das Ganze ein paarmal mit ihr durch. Jede Einzelheit. Es war ziemlich simpel, aber sie war es leider auch. Ich riß das Blatt aus meinem Notizbuch und sah zu, wie sie es in ihre Handtasche steckte. Dann trat ich auf den Anlasser.

Ich fuhr weiter bis zum Haus. Ich parkte den Wagen in der Garage und hielt ihr die Tür auf. Sie folgte mir mit ein paar Schritten Abstand die Auffahrt entlang, und als wir die Veranda erreichten, holte sie mich ein und hakte sich bei mir unter.

Sie drückte sich fest an mich, und ich spürte, wie sich ihr Schenkel an mir rieb. Wir kamen in die Halle, und plötzlich zog sie mich herum und küßte mich auf den Mund.

Ich grinste und tätschelte ihren Arm. Ich sagte nichts. Ich wischte den Lippenstift nicht ab.

Es war gerade halb neun. Arm in Arm gingen wir durch die Halle und betraten mein Zimmer.

Ungefähr ein Dutzend Leute waren im Raum. Doc war natürlich da, und Hardesty. Außerdem noch Burkman, Flanders und Kronup und noch ein paar Leute aus der Schulbuchbranche. Die anderen kannte ich nicht, obwohl ich die meisten schon mal im Kapitol oder im Haus gesehen hatte.

Mein Bett war an die Wand gerückt worden, ebenso der Schreibtisch, der Zeitungsständer und der Kaffeetisch. Doc saß auf einem Hocker vor dem Radio, die anderen bildeten mit ihren Sesseln einen Halbkreis um das Gerät.

Die Luft war vom Qualm der Zigarren und Zigaretten ganz blau. Außer Doc hielten alle ein Glas in der Hand.

Lila und ich setzten uns auf die einzigen noch freien Stühle, und einen Augenblick lang waren alle Blicke auf uns gerichtet – und es herrschte vollkommene Ruhe im Raum.

Die Blicke aller ruhten auf uns und wanderten dann zu Doc. Er stand da, blickte mit finsterer Miene entsetzt vor sich hin und zeigte, anscheinend unbewußt, vor Zorn die Zähne.

Er starrte uns an und drehte dann am Radio. »Das ist es«, sagte er langsam.

Dann erfüllte die hastige, überkandidelte Stimme des Ansagers den Raum:

»Ladies und Gentlemen, wir führen Sie heute in die Orpheum Hall, wo Mr. Fanning Arnholt, der Präsident der Nationalen Phalanx, einen Vortrag halten wird zum Thema ›Unsere Schulen – Schlachtfeld des Untergrunds‹. Wie Sie zweifellos wissen, steht Mr. Arnholt seit langem an der Spitze jener wachsamen und unerschrockenen Bürger, die den ehrenvollen Kampf gegen subversive Einflüsse kämpfen. Er hat –«

Dann starrten alle auf das Radio, das plötzlich verstummt war.

»Ich weiß auch nicht.« Doc schüttelte auf ihre unausgesprochene Frage den Kopf. »Der Apparat ist in Ordnung. Es –«

»Wir bitten Sie um einen Augenblick Geduld« – es war wieder die Stimme des Ansagers – »es scheint so, als gebe es ... Mr. Arnholt stand noch vor einem Augenblick hier genau neben mir auf der Tribüne, aber anscheinend hat ihn jemand fortgerufen. Ich frage mich – ja, dort drüben ist er jetzt. Er unterhält sich mit einem anderen Herrn, und er sieht ziemlich – ziemlich mitgenommen aus. Und ... Bitte bleiben Sie am Apparat!«

Die beiden Männer aus der Schulbuchbranche schauten sich gegenseitig nervös an. Jemand sagte: »Verdammt noch mal, was ...« und ein Chor von »Psssts« erhob sich. Ich blickte zu Lila. Ich nickte ihr zu. Ich wußte nicht genau, was mich erwartete, aber ich wußte, daß es jetzt losgehen würde. Sie stand auf und verließ das Zimmer, ohne ein Wort zu sagen. Und ich sah, oder zumindest glaubte ich zu sehen, wie Doc ihr mit einem erstaunten Gesichtsausdruck nachblickte. Aber er sagte nichts, und sonst schien niemand ihren Aufbruch zur Kenntnis zu nehmen. Sie waren alle zu sehr daran interessiert, was man im Radio hören beziehungsweise nicht hören konnte.

Es war jetzt völlig still. Wir konnten das gedämpfte Gemurmel des Publikums hören und verschiedene Stimmen, die offensichtlich aus der Nähe des Mikrofons kamen. Zwei übertönten die anderen.

»Aber Mr. Arnholt ist als Redner angekündigt ...«

»... wird nicht sprechen ... wir haben dafür gezahlt ...«

»... in Ordnung. Dann mach ich das eben.«

Das Mikrofon knackte und raschelte, und der Ansager kam wieder.

»Danke dafür, daß Sie gewartet haben, meine Freunde. Aufgrund unvorhersehbarer Umstände, die man Ihnen noch näher erläutern wird, ist Mr. Arnholt nicht in der Lage, heute abend zu Ihnen zu sprechen. Ich gebe nun weiter an Mr. Ralph Edgars, den Vorsitzenden der Nationalen Phalanx in diesem Staat ... Bitte sehr, Mr. Edgars.«

»Danke«, sagte eine andere Stimme. »Ähem – ich bin eigentlich gar nicht hergekommen, um eine Rede zu halten, Leute, und ich bedaure sehr, daß ich es nun doch tun muß. Es ist meine Aufgabe, Ihnen mitzuteilen, daß man mich und die Organisation, der ich in diesem Staat vorstehe, offensichtlich auf eine ziemlich bösartige Weise getäuscht hat . . .«

Er unterbrach sich, um sich zu räuspern, und das Publikum war genauso totenstill wie das Zimmer, in dem wir saßen. Ich hatte zwar etwas in dieser Art erwartet, aber auch ich beugte mich nun vor und lauschte gebannt.

»Wenige Minuten, bevor Mr. Arnholt heute abend hier mit seinem Vortrag beginnen sollte, wurde mir hier auf der Bühne eine Reihe von Dokumenten – oder besser gesagt, Fotokopien von Dokumenten – überreicht. Ich war erstaunt und zugleich erschüttert, feststellen zu müssen, daß diese Dokumente ernsthafte Zweifel aufkommen lassen an der Redlichkeit der Motive Mr. Arnholts als auch, was seine Anwesenheit hier heute abend betrifft, an der gesamten Vortragsreihe, die er in diesem Staat durchzuführen beabsichtigt.

Kurz gesagt, diese Dokumente scheinen zu beweisen, daß Mr. Arnholt eine Kampagne gegen bestimmte Schulbücher durchführen wollte mit dem Ziel, daß die Bücher konkurrierender Firmen vom Staat an deren Stelle übernommen werden. Da Mr. Arnholt nicht in der Lage war, dies in zufriedenstellender Weise zu erklären, sehen wir es als erwiesen an.

Unter diesen Umständen sagen wir, der hiesige Vorstand der Phalanx, diesen Vortrag ab und bitten Sie um Verzeihung. Aus verschiedenen Gründen werde ich zu diesem Zeitpunkt die Namen der Personen und Firmen, die in diesen Schwindel verwickelt sind, nicht nennen. Wir haben in unserem Haus für Ordnung gesorgt, beziehungsweise, wir werden es bald getan haben. Es ist nicht unsere Aufgabe, die Arbeit der Gerichte zu übernehmen. Wie auch immer, die Namen dieser Personen und Firmen werden Ihnen bald bekanntgegeben werden, und man wird die geeigneten Maßnahmen gegen sie ergreifen.

Die Dokumente, die Fotokopien, in deren Besitz ich bin, werden morgen früh dem Generalstaatsanwalt vorgelegt werden. Ich bin beauftragt, Ihnen zu erklären, daß sie nicht unter den Tisch gekehrt oder vergessen werden. Ich kann Ihnen versichern, daß . . .«

Doc stellte das Radio ab.

Er drehte sich auf dem Hocker herum – und wartete.

Hardesty war der erste, der etwas sagte. Einen Augenblick lang hatte er genauso mitgenommen, verblüfft und erschrocken ausgesehen wie all die anderen. Aber dann gewann er die Fassung zurück, und er rang sich ein Lachen ab.

»Nun«, sagte er. »So geht's dahin.«

»So geht's dahin.« Burkman nickte langsam mit dem Kopf. »So g-g-geht's –« Sein Schmerbauch begann zu zittern, und er schlug die Hände vor dem Gesicht zusammen und schluchzte los.

Flanders lachte rauh. »Was hab' ich Ihnen gesagt, Doc? Hab' ich nicht gesagt, daß dieser verdammte Hurensohn garantiert Mist baut und uns das ganze Geschäft vermasselt. Wenn Sie das gleiche Geld und den gleichen Aufwand in die üblichen Kanäle gesteckt hätten . . .«

»Was ist überhaupt mit dem Geld?« Es war einer von den Schulbuchvertretern. »Harry und ich, wir sind beide mit zweieinhalbtausend dabei. Wie, zur Hölle, sollen wir das unseren Verlagen erklären?«

»Wir werden gar nichts erklären müssen«, sagte der andere bitter. »Wir sind angeschissen. Draußen. Wir können in den nächsten fünfundzwanzig Jahren im ganzen Südwesten kein einziges Buch mehr verkaufen.«

Kronup deutete knurrend mit dem Finger auf Doc. »Das Geld ist noch das wenigste. Wir sind nicht nur angeschissen und müssen damit rechnen, vor Gericht gestellt zu werden. Es gibt auch niemanden mehr, an den wir uns halten können. Jetzt nicht, und auch nicht in Zukunft. Wir können unseren Finger nicht mehr draufhalten. Wir werden niemanden wählen können, der uns auch nur halbwegs in den Kram paßt. Wissen Sie, was Sie getan haben, Doc? Sie haben diesen verdammten Reformhaufen an die Macht gehievt – und zwar für immer. Und ich sage –«

»Hundesohn«, schluchzte Burkman. »Hun-de-sohn . . .«

»Halten Sie mal den Mund«, schrie Flanders. »Doc, habe ich Ihnen nicht gesagt, daß –«

»Jetzt rede ich«, brüllte Kronup. »Ich sage, dieser komische Psychologe hat was gedreht. Ich sage, er hat uns alle aufs Kreuz gelegt.«

Er brüllte seine Anschuldigung erneut, denn jetzt redeten alle durcheinander. Es war ein einziges Brüllen, Kläffen und Knurren wie von einer aufgeschreckten Horde wilder, tollwütiger Tiere. Doc und Hardesty blieben ruhig. Hardesty starrte Doc an. Die Verbitterung und das ratlose Stirnrunzeln paßten so gar nicht zu seinem gutaussehenden Gesicht. Doc saß mit zusammengefalteten Händen da und blickte zu Boden.

Sein Mund bewegte sich, und es sah aus, als würde er etwas in den Bart murmeln. Es sah so aus, aber es war nicht so. Schließlich wurde mir klar, was mit ihm los war. Er lachte.

Dann hielt er den Mund unbewegt und blickte auf. Er schüttelte den Kopf, und es wurde still im Zimmer.

»Seien Sie doch kein verdammter Narr«, sagte er zu Kronup. »Wie hätte ich denn jemanden aufs Kreuz legen sollen? Was hätte ich denn davon? Wie sollte ich denn mit dem Reformhaufen irgendwas drehen? Die haben doch überhaupt keine Möglichkeit, mir irgendwas zukommen zu lassen, selbst wenn sie es wollten.«

»Aber –«

»Nichts aber«, sagte Doc. »Außerdem haben wir noch keine Ahnung, wieviel Edgars von der ganzen Sache überhaupt weiß. Um Arnholt dranzukriegen, braucht's nicht viel, und mehr hat Edgars vermutlich auch nicht in der Hand. Er versucht, uns zu bluffen. Wenn wir uns davon nicht beeindrucken lassen und die Ruhe bewahren, kommen wir vielleicht heil aus der ganzen Sache wieder raus.«

Ein ungläubiges Geknurre erhob sich. »Das glauben Sie doch selbst nicht«, sagte Flanders. »Arnholt wird sich die Kehle aus dem Leib singen, und egal, was Edgars an schriftlichen Beweisen hat oder nicht, das wird reichen, um uns alle zu erledigen.«

»Wir sind am Ende, und Sie wissen das ganz genau«, schluchzte Burkman voller Wut. »Wir können nur noch versuchen, ein paar Schäfchen ins Trockene zu bringen, bevor alles über uns zusammenbricht.«

»Vielleicht haben Sie recht«, sagte Doc.

Seine Gelassenheit brachte Burkman offensichtlich aus der Fassung. Er versuchte zu reden, aber seine Wut schnürte ihm die Kehle zu. Und dann deutete er auf mich und fuchtelte mit seinem Zeigefinger zitternd in meine Richtung.

»Sie haben mit dem Rothaarigen da noch was zu laufen. Ich weiß nicht was, aber es muß sich lohnen, sonst hätten Sie sich nicht so viel Mühe gemacht, ihn rauszuholen. Sie haben mich mit eingespannt.«

»Sie haben uns alle eingespannt«, korrigierte ihn Flanders.

»Ich«, sagte Doc, »spanne niemanden ein. Die Sache ist gelaufen. Ich werde Cosgrove morgen nach Sandstone zurückschicken.«

27

Ich war darauf gefaßt gewesen, aber die Kälte, mit der es passierte, schockierte mich doch. Ich zündete mir eine Zigarette an. Meine Hände zitterten.

»Das kommt ziemlich plötzlich, Doc«, sagte ich. »Würden Sie mir das vielleicht erklären?«

»Wenn Sie eine Erklärung brauchen«, sagte Doc, und seine Stimme überschlug sich. »Ich habe eine Menge für Sie getan, und ich hatte die Absicht, es nicht dabei zu belassen. Alles, was ich als Gegenleistung verlangt habe, war, daß Sie die Finger von Lila lassen. Aber das wollten Sie ja nicht. Sie haben vor meinen Augen ein Verhältnis mit ihr gehabt. Erst vor kurzem haben Sie ihr Geld gegeben, damit sie Ihnen ein Auto kauft. Sie wollten Ihre Bewährung sausen lassen und mit ihr die Stadt verlassen – und ich wäre doppelt blamiert gewesen. Aber mit mir können Sie das nicht machen.«

Ein dumpfes Gemurmel erfüllte den Raum. Verlegen räusperte sich Kronup.

»Also, das ist ja bodenlos, Doc«, sagte er. »Mir ist im Kapitol einiges zu Ohren gekommen, aber . . .«

»Klar ist Ihnen einiges zu Ohren gekommen«, sagte ich. »Doc hat es ja auch so hingedreht, und es ist sogar ein Funken Wahrheit drin. Lila hat für mich einen Wagen gekauft. Sie hat sich an mich rangemacht. Ich wußte, daß es Gerede gibt, aber ich konnte nichts dagegen tun. Ich –«

»Nun, ich weiß jedenfalls, was ich zu tun habe«, sagte Doc und erhob sich von seinem Hocker. »Meine Herren, ich schlage vor, daß wir uns morgen früh wieder treffen und überlegen, was wir in der Angelegenheit mit Arnholt tun können. Ich muß offen gestehen, daß ich heute abend nicht mehr klar denken kann und nicht in der Lage bin, noch darüber zu diskutieren.«

Nach und nach standen alle auf, strichen ihre Anzüge glatt und machten sich auf den Weg zur Tür. Einige starrten mich an, die meisten schauten absichtlich weg. Einen Moment lang verschwanden all ihre Probleme hinter dem von Doc.

»Einen Augenblick noch«, sagte ich. »Doc, es gibt da noch was, das Sie den Herren noch nicht erzählt haben. Lila ist nicht Ihre Frau.«

Unvermittelt blieben alle auf dem Weg zur Tür stehen. Sie starrten erst mich an und dann Doc, der mit offenem Mund dastand . . . Dann erhob Hardesty seine Stimme und brach das Schweigen.

»Na und?« fragte er gelassen. »Seine Frau wollte sich nicht von ihm scheiden lassen – deswegen konnte er Lila nicht heiraten. Das hat in diesem Zusammenhang gar keine Bedeutung. Sie bedeutet ihm mehr als die meisten Frauen ihren Männern.«

»Ja«, sagte Doc. »Viel mehr.«

»Nun ist ja wohl alles geklärt«, sagte Hardesty bestimmt, aber freundlich. »An Ihrer Stelle würde ich allerdings auf Cosgrove aufpassen. Er wird nicht gerade begeistert davon sein, daß er wieder nach Sandstone zurück muß.«

»Ich werde ihn nicht aus den Augen lassen«, sagte Doc.

Sie drängten sich an ihm vorbei aus der Tür. Plötzlich hatten es alle sehr eilig, nach draußen zu kommen. Die Neuigkeiten über Lila waren bedeutend – es würde einige Leute in hohen Positionen geben, die daran großes Interesse hatten.

Sie wußten im Gegensatz zu mir allerdings nicht, daß Doc sich das ganze Theater nicht anhören würde.

Schließlich blieben nur Doc und Hardesty zurück, und Doc nahm Hardesty am Arm und drängte ihn zur Tür. Hardesty sträubte sich.

»Ich glaube, ich sollte mich erst mal mit Pat unterhalten, damit er weiß, wie die Dinge liegen.«

»Später«, sagte Doc, ohne mich anzusehen. »Nicht jetzt.«

»Ich glaube wirklich –«

»Es kümmert mich einen Dreck, was du glaubst«, sagte Doc. »Ich werde alles erklären, wenn die Zeit dafür gekommen ist. Im Augenblick will ich erst mal von hier weg.«

Hardesty fiel plötzlich etwas ein.

»Du hast das Geschäft mit Arnholt hochgehen lassen, oder? Was, zum Teufel, hast du dir dabei gedacht?«

»Das werd' ich auch noch erklären«, sagte Doc. »Jetzt fahr aber los. Sobald der ganze Verein erst angefangen hat zu telefonieren, steht hier das Telefon nicht mehr still. Wir können es uns nicht leisten, hier aufgehalten zu werden.«

»Und was ist mit ihm?«

»Der wird bleiben, wo er ist«, sagte Doc und zerrte Hardesty buchstäblich zur Tür hinaus. Krachend fiel sie hinter ihnen ins Schloß.

Ich machte mir einen Drink und setzte mich aufs Bett. Zuerst hörte ich leise, wie der letzte Wagen an der Vorderseite des Hauses anfuhr, und nach ein paar Minuten konnte ich deutlich das sonore Brummen von Docs Limousine hören, die die Auffahrt entlangrollte.

Ich trank aus und legte mich hin. Zum ersten Mal, seit ich Sandstone verlassen hatte, fühlte ich mich entspannt und wohl. Ich hatte Lila gesagt, daß sie sich nach dem Telefongespräch aus dem Staub machen solle. Es gab nichts zu tun, außer abzuwarten.

Ich lag da und mußte ein wenig grinsen, wenn ich daran dachte, welche Überraschung Doc und Hardesty erleben würden. Und dann dachte ich an Madeline, und das Grinsen verging mir. Egal, was sie getan hatte – ihr gegenüber konnte ich keine Schadenfreude empfinden.

Ich ließ meine Gedanken schweifen und überlegte mir – wünschte mir –, daß ich mich in ihr vielleicht doch geirrt hatte . . . Immerhin hatte sie vorgeschlagen, daß ich zu Myrtle Briscoe gehen und meine Karten auf den Tisch legen sollte. Sie hatte mich nicht gerade dazu gedrängt, aber wie hätte sie auch sollen, da ich offensichtlich bereit war, alles mitzumachen, nur um nicht wieder nach Sandstone zurückzumüssen. Es war möglich, daß sie mit Myrtle zusammenarbeitete – es konnte sein, auch ihr Verhalten Hardesty gegenüber sprach nicht unbedingt dagegen. Sie konnte nicht zulassen, daß ich die Wahrheit aus ihm herausdrosch und ihn vielleicht sogar umbrachte. Sie . . .

Ach, verdammt noch mal. Wie konnte man nur so seinen Verstand verlieren? Jahrelang hatte sie bei Docs schmutzigen Erpressungen mitgemacht, und es war nur ein kleiner Schritt davon zu – Aber vielleicht hatte sie nicht gewußt, worauf sie sich eingelassen hatte. Doc hatte sie vermutlich immer tiefer mit hineingezogen, bis sie schließlich bis zum Hals mit drinsteckte.

Ich fluchte und stand auf. Die Dinge liefen nicht so. Es war nie so gewesen, warum sollte es jetzt so sein? Mein ganzes Leben war verkorkst. Ich konnte nur noch darauf hoffen, daß meine Bewährung nicht zurückgenommen würde. Sie war genauso verkommen und falsch wie der Rest, und sie würde genauso bezahlen müssen. Aber –

Ich wünschte mir, daß ich aufhören könnte, an sie zu denken.

Fast zwanzig Minuten waren vergangen, als es an der Tür klopfte und Willie das Telefon hereinbrachte.

Er stöpselte es neben meinem Bett in die Wand und reichte es mir. Er ging ebenso still wieder hinaus, wie er gekommen war, und ich hob den Hörer ab. Ich meldete mich und horchte.

»In Ordnung, Doc«, sagte ich. »Ich bin gleich da.«

Ich hängte ein und schaute mich noch ein letztes Mal lange in meinem Zimmer um. Dann holte ich den Wagen aus der Garage und fuhr ohne Umweg zu Madelines Wohnung.

Ich parkte hinter Docs Wagen und ging leise die Treppen hoch. Ich horchte an der Tür zum Schlafzimmer und ging dann zu der anderen.

»Es macht doch alles keinen Sinn«, sagte Hardesty aufgebracht. »Wir wären mit fünfundzwanzig Riesen aus dem Geschäft rausgegangen, und es hätte nur ein paar Wochen gedauert, bis wir es durchgezogen hätten. Ich verstehe nicht, warum, zur Hölle –«

»Also gut.« Er wurde von Docs Stimme unterbrochen. »Wir sahnen ab – möglicherweise zum letzten Mal –, und dann verschwinde ich von der Bildfläche. Wie sieht das denn aus?«

»Genauso wie zu Anfang«, sagte Hardesty. »Wir haben es so geplant. Wenn es dir nicht paßt, warum hast du es dann nicht gesagt?«

»Es hat sich seitdem einiges geändert«, sagte Doc. »Die Polizei ist hinter Pat her, oder zumindest werden sie es bald sein. Wir mußten die Sache heute abend angehen.«

»Aber du hattest schon vor, die Sache heute abend durchzuziehen, bevor sie nach Cosgrove gesucht haben«, sagte Hardesty. »Warum hast du Madeline und mir nichts gesagt?«

»Ich hatte meine Gründe.«

»Ach, verdammt«, sagte Hardesty entnervt.

»Ich verstehe dich nicht«, sagte Doc. »Ich hätte Vorauszahlungen für zwei oder drei Wochen leisten müssen und das ist kein Pappenstiel. Ich hätte noch ein paar Riesen für Rechnungen lockermachen müssen, die ich bis jetzt abgebogen habe. All das wäre von unserem Anteil abgegangen. Warum sollten wir uns mit dem ganzen Kleinkram unnötig rumärgern?«

»Es gefällt mir einfach nicht«, sagte Hardesty.

»Das sehe ich auch. Ich frage mich allerdings, warum.«

»Schwamm drüber«, sagte Hardesty. »Schwamm über die ganze verdammte Geschichte.«

Dann herrschte Stille. Ich hob meine Hand und klopfte an.

»Pat?« Es war Madeline.

»Ja«, sagte ich.

»Komm rein.«

Ich trat ein und schloß die Tür hinter mir.

Hardesty und Madeline saßen auf dem Sofa. Sie trug ein Nachthemd mit einem blauen Baumwollbademantel drüber, und ihre Frisur machte den Eindruck, als sei sie in aller Eile schnell zurechtgemacht worden. Sie sah aus wie ein Kind, das man plötzlich aus tiefem Schlaf gerissen hat, und sie lächelte mich fragend oder vertrauensvoll an. Ich wandte mich von ihr ab und sah Doc an.

Er hatte sich umgezogen und kramte in einem Haufen Taschen und Paketen nach weiteren Kleidungsstücken, die er in einen Koffer packte, der vor ihm auf einem Hocker lag. Er lächelte mich mit verkniffenen Augen an und machte mit dem Kopf eine Bewegung in Madelines Richtung.

»Sie sind einander noch nicht vorgestellt worden, glaube ich«, sagte er. »Mr. Cosgrove – Mrs. Luther.«

28

Madeline winkte mir zu. »Hallo, Mr. Cosgrove«, sagte sie, aber ihre Stimme klang unsicher.

Ich nickte ihr zu und ließ mich in einen Sessel fallen. »Wie geht's denn so, Mrs. Luther«, sagte ich.

»Nun«, sagte Doc, und in seiner Stimme klang ein schwacher Vorwurf mit, »so besonders überrascht scheinen Sie ja nicht zu sein, Pat.«

»Bin ich auch nicht«, sagte ich. »Ich bin nur überrascht, daß es mir nicht schon vor längerer Zeit aufgefallen ist.«

»Oh?«

»Ja«, sagte ich. »Sie selbst haben mir doch schon ganz zu Anfang einen Hinweis gegeben. Wissen Sie noch, an dem Morgen, als ich Kleidung kaufen war. Sie hatten einen Streit mit Hardesty, und Sie sagten ihm, daß er die Finger von Ihrer Frau lassen sollte. Sie wollten sicher sein, daß ich nichts mitbekommen hatte – daß ich nicht gehört hatte, daß Sie Madeline erwähnt hatten.«

»Ich kann mich dran erinnern«, sagte Doc und warf Hardesty einen unfreundlichen Blick zu. »Jetzt, wo Sie's erwähnen, kann ich mich wieder sehr gut dran erinnern.«

»Und dann war da noch die Sache mit dem Baby«, sagte ich. »Ich habe nicht geglaubt, daß Sie die Geschichte erfunden hatten. Ich war ganz sicher, daß Ihre Frau ein Kind zur Welt gebracht hatte. Na ja – auf Lila konnte ich ja, Dank sei Ihnen, einen ziemlich genauen Blick werfen, und ich war sicher, daß sie kein Kind hatte. Also . . .«

Den Rest erzählte ich ihm nicht; daß ich die Striche gesehen hatte – die Geburtsstreifen auf Madelines Körper. Ich wollte über den Mord reden. Ich wollte, daß er und Hardesty über den Mord redeten. Und Myrtle Briscoe und ihre Jungs sollten alles mit anhören.

Hardesty zog ungeduldig die Nase hoch.

»Um Gottes willen, Doc«, sagte er. »Sollen wir die ganze Nacht hier rumsitzen und reden?«

»Es besteht kein Grund zur Eile«, sagte Doc. »Wir sind Pat ein paar Antworten schuldig. Er hat ein Recht darauf zu wissen, wie es um ihn steht . . . Pat, ich nehme an, Sie haben sich heute abend mit Lila unterhalten?«

»Ja«, sagte ich.

»Und sie hat Ihnen die Wahrheit gesagt; sie hat nicht genug Verstand, irgendwas anderes zu tun. Sehen Sie jetzt, in welcher Lage ich war? Ich brauchte dringend Geld, und sie fiel mir in den Schoß und wartete förmlich drauf, daß man sie benutzte. Und nachdem ich sie für meine Zwecke eingespannt hatte, wagte ich es nicht, zu versuchen, sie loszuwerden. Ich konnte mich doch nicht von einer Frau trennen, in die ich angeblich über beide Ohren verliebt war. Ich wußte, daß sie anfangen würde zu reden, sobald ich meinen Daumen nicht mehr draufhielt.«

»Und verstehst du jetzt auch, in welcher Lage ich war«, sagte Madeline leise.

»Um genau zu sein«, sagte ich. »Es interessiert mich nicht besonders.«

Doc grinste, dann wandelte sich sein Gesichtsausdruck, und er schüttelte den Kopf. »Denken Sie nicht so schlecht von ihr. Sie hat es nicht verdient. Wir machen alle unsere Fehler, und wir müssen dafür bezahlen. Sie waren grade mal achtzehn, als Sie eine Bank überfallen haben. Madeline war auch erst achtzehn, als sie nach Capital City kam.«

»Ich weiß«, sagte ich. »Sie ist eine sehr loyale kleine Frau.«

»Sehr loyal, Pat. Sich selbst gegenüber, wie auch mir. Wir waren nur auf dem Papier verheiratet. Sie hat für das Geld, das ich ihr gegeben habe, gearbeitet.«

»Gehört zu ihrer Arbeit auch Mord?«

»Sie meinen Eggleston?« Er schüttelte ruhig den Kopf. »Damit hatte sie nichts zu tun. Er hat rausgefunden, daß wir verheiratet sind, und Geld von ihr verlangt. Ich bin hingegangen, um ihn auszuzahlen. Sie wußte nicht, daß ich ihn umbringen würde. Ich wußte es auch nicht. Ich wußte nicht mal, wer ihn angeheuert hatte, oder ob er vielleicht auf eigene Rechnung arbeitete. Jedenfalls brauchte ich mich mit ihm nicht lange zu unterhalten, um rauszufinden, daß man ihm nicht trauen konnte. Also blieb mir nur eins übrig.«

Ich nickte. Damit hatte ich den Mord vom Hals. Nun ging es nur noch darum, den Rest aufzuklären.

Ganz nebenbei warf Doc einen Blick auf die Tür zum Flur und schaute dann wieder zu mir herüber. Er hatte wieder diesen seltsamen Blick – wie damals im Haus, als Lila aus meinem Zimmer gegangen war.

»Eines verstehe ich allerdings nicht, Doc«, sagte ich. »Warum haben Sie das Geschäft mit Fanning Arnholt nicht durchgezogen? Warum haben Sie erst alles arrangiert, und es dann doch den Bach runtergehen lassen?«

»Das würde ich auch gern wissen«, platzte Hardesty dazwischen. »Ich kann nur froh sein, daß man mir in diesem Zusammenhang nichts anhängen kann.«

»Nun gut –«, Doc zögerte und lächelte ein wenig, »warum raten Sie nicht einfach mal, Pat?«

»Ich kann mir eine Menge Gründe denken«, sagte ich. »Einerseits wollten Sie vielleicht noch ein paar Pluspunkte einsammeln. Nach dem, was sich heute abend abgespielt hat, wird dieser Staat so sauber sein wie ein unbeschriebenes Blatt.«

»Ja?«

»Ich denke, daß Sie sich das drunter vorgestellt haben«, sagte ich. »Zumindest haben Sie sich das eingeredet. In Wirklichkeit hatten Sie allerdings ganz andere Gründe. Sie haben rausgeholt, was möglich war. Sie wollten sichergehen, daß für keinen anderen was übrigbleiben würde.«

Docs Finger krampften sich zusammen, während er gerade ein Paket auspackte. Er starrte vor sich hin, und dann fummelte er wieder an der Schnur herum. Er sagte kein Wort.

Hardesty grummelte irgend etwas vor sich hin und starrte Doc wütend an.

»Also, in Gottes Namen«, sagte er. Und dann zuckte er in einem Anflug von Hilflosigkeit die Achseln. »Pat, entschuldigen Sie, aber –«

»Ich rede mit, Doc«, sagte ich. »Sehn wir mal, ob wir alles richtig beieinander haben. Sie wollten sich schon seit geraumer Zeit absetzen, Doc. Sie wußten, daß Sie nach den nächsten Wahlen gar nicht mehr anders könnten. Sie mußten noch einmal absahnen, und als Sie meinen Brief aus Sandstone bekamen, witterten Sie eine Chance, wie Sie es mit Hilfe von Madeline und Hardesty vielleicht anstellen könnten. Sie haben für sich hohe Versicherungen abgeschlossen, zugunsten von Madeline – Ihrer Frau. Dann haben Sie mich da rausgeholt. Damit ich Sie, zumindest allem Anschein nach, im Verlauf eines Streits umbringe. In Wirklichkeit würden Sie natürlich nicht umgebracht. Sie würden es so hindrehen, daß es aussieht, als hätte ich Sie ermordet und Sie dann in den Fluß geworfen, wo niemand Sie finden würde. In Wirklichkeit passiert was ganz anderes. Sie machen sich aus dem Staub und tauchen unter, und Hardesty setzt Madelines Forderungen an die Versicherungsgesellschaften durch. Und nach einem Jahr oder so, wenn keine Gefahr mehr besteht, wird sie nachkommen. Das war's doch, was Sie vorhatten?«

»Das«, sagte Doc, »werde ich auch tun. Übrigens, Pat –«

»Und was ist mit Lila?«

»Was soll mit ihr sein? Meine Frau wollte nicht mit mir zusammenleben, aber sie bestand darauf, durch Versicherungen abgesichert zu sein. Das ist alles.«

»Ich glaube eher, daß die Versicherungsgesellschaften versuchen werden, Ihnen betrügerische Absichten zu unterstellen. Keine Versicherung würde einen Mann aufnehmen, dessen Lebensumstände derart gefahrenträchtig sind.«

»Das stimmt.« Doc nickte. »Ihr Pech, daß sie sich das Ganze nicht genauer angesehen haben. So, wie die Dinge liegen, haben sie meine Prämien kassiert und Madeline als Begünstigte akzeptiert. Die Verträge sind bindend, und sie werden wohl oder übel zahlen müssen.«

»Ich verstehe«, sagte ich. »Von wieviel Geld müssen Sie denn Ihren Lebensabend bestreiten? Wie hoch ist die Versicherungssumme?«

»Nun« – er zögerte einen Augenblick lang – »es gibt keinen Grund, warum ich es Ihnen nicht sagen sollte. Es sind zehn Policen zu je zehntausend. Das sind hunderttausend Dollar, im Schadensfall das Doppelte.«

»Und wie hoch ist Hardestys Anteil?«

»Ungefähr fünfundsechzigtausend. Ein Drittel.«

Ich schüttelte den Kopf. Einen Moment lang fiel mir nichts ein, was ich noch hätte sagen können. Es schien mir, als sei alles Notwendige gesagt, und es war jetzt an der Zeit, daß Myrtle –

»Ach ja, Pat, ganz nebenbei. Was ich schon vor ein paar Minuten sagen wollte ...«

»Ja«, sagte ich.

»Es war ein hübscher Versuch – aber ich fürchte, daß Myrtle heute abend nicht bei uns sein kann. Kurz vor unserer Abendgesellschaft habe ich nachfragen lassen, wo sie sich aufhält. Sie ist nicht in der Stadt.«

29

Ich mußte hart schlucken. Ich brachte kein Wort heraus, und ich glaube, ich sah genauso elend aus, wie ich mich fühlte.

Doc grinste mitfühlend. »Sie wollen mir doch nicht erzählen, daß Sie der Polizei einen Tip gegeben haben? Die würden doch Ihnen die Geschichte mit Eggleston anhängen, und bis Sie sich da erst mal rausgewunden hätten –«

»Nein«, sagte ich. »Ich war nicht bei der Polizei. Ich wollte nur gerade sagen, daß – daß – Wie können Sie das machen, Doc? Sie verurteilen mich zum Tod! Macht Ihnen das gar nichts aus?«

»Ich nehme an, daß es das sollte«, sagte er. »Tut's aber nicht. Jedenfalls macht es mir nicht besonders viel aus, Pat. Sie wären sowieso in Sandstone gestorben, wenn ich Sie nicht rausgeholt hätte. So hatten Sie zumindest noch ein kleines bißchen Spaß.«

»Und was hat es auf sich mit dem Wagen, den Lila für mich gekauft hat«, sagte ich. »Kann ich mich aus dem Staub machen?«

»Ich fürchte, nein, Pat. Daß meine Leiche unauffindbar sein wird, ist eine Sache. Daß der Mann, der mich allem Anschein nach umgebracht hat, auch verschwunden sein sollte, ist was ganz anderes. Das würde niemand so ohne weiteres schlucken. Ich fürchte, daß Sie irgendwo in der Nähe von dort, wo unsere angebliche tödliche Auseinandersetzung stattgefunden hat, geschnappt werden müssen.«

»Und Sie glauben, daß es für Sie ungefährlich ist, wenn man mich verhaftet?«

»Sie meinen, daß Sie auspacken werden?« Er lächelte müde und fummelte ein Paar Socken aus einer Papiertüte. »Wer sollte Ihnen denn diese hirnrissige Geschichte glauben, wo doch wirklich alle Indizien auf Mord hindeuten?«

»Es wird nicht funktionieren, Doc«, sagte ich.

»Oh, es wird sehr gut funktionieren, Pat.« Er grinste. »Es ist so unwahrscheinlich, daß es ganz und gar plausibel wirkt. Sie selbst sind der beste Beweis dafür. Sie hatten wochenlang alle Teile des Puzzles vor sich, und trotzdem sind Sie einfach nicht drauf gekommen, warum ich Sie aus Sandstone rausgeholt habe.«

»Das habe ich damit nicht gemeint«, sagte ich. »Ich rede von den Versicherungsgesellschaften. Die werden sich an diese Policen nicht gebunden fühlen.«

»Normalerweise nicht.« Er nickte zustimmend. »Sie würden keine Lebensversicherung auszahlen, ohne den sicheren Beweis für den Todesfall – mit anderen Worten, ohne daß es eine Leiche gibt. Aber, da die Beweise so klar auf der Hand liegen – nun –«

»Was macht Sie da so sicher?« sagte ich.

»Hier, unser Freund Hardesty.« Doc deutete mit dem Kopf zu ihm hin. »Eine unserer großen Leuchten auf dem Gebiet der Rechtswissenschaften – was immer man sonst von ihm halten mag. Hardesty sagt, daß sie nicht drum rumkommen, zu zahlen, und wenn er das sagt, wird es wohl auch so sein.«

Das stimmte. Hardesty kannte sich *in der Tat* aus. Aber andererseits, warum hatte er dann gewollt, daß ich –? Plötzlich ging mir ein Licht auf. Das letzte Stück dieses mörderischen Puzzles lag vor mir. Ich mußte lachen.

Ich stand mächtig beschissen da, ich hing mit drin – egal, was ich tun würde. Aber ich mußte einfach lachen. Ich konnte nicht anders.

Hardesty schlug die Beine übereinander und rutschte nervös auf dem Sofa herum. Seine rechte Hand glitt in seine Manteltasche, und dort blieb sie auch.

»Doc«, sagte ich. »So besonders schlau sind Sie ja wohl nicht, Doc. Ich hatte die ganze Zeit schon das Gefühl, daß Sie sich in etwas verrannt haben, das zu hoch für Sie ist, aber daß Sie so einfältig sind, hätte ich nicht gedacht.«

»Nein?« Er grinste, aber eine leichte Röte breitete sich über sein Gesicht aus. »Wie einfältig sollte ich denn sein, Pat?«

»So einfältig, daß Sie einem Mann glauben, der Sie haßt und Ihre Frau liebt. So einfältig, daß Sie glauben, daß er sich mit einem Drittel von zweihunderttausend begnügen wird, wenn er und sie alles abkassieren können. Schließlich weiß er, worauf sich die Versicherungsgesellschaften einlassen und was sie nicht mitmachen. Aber es gibt da einen ziemlichen Unterschied zwischen dem, was er weiß, und dem, was er Ihnen erzählt hat.«

»Ich –« Doc schaute von Hardesty zu Madeline und dann wieder zu mir. »Ich verstehe nicht . . .«

»Da gibt es auch nichts zu verstehen«, sagte Hardesty schroff. »Hör nicht auf ihn, Doc. Er –«

»Denken Sie doch mal drüber nach, Doc«, sagte ich. »Und während Sie das tun, kann Hardesty mir ja sein Angebot machen. Ich will, daß Sie verstehen, warum Sie umgebracht werden müssen, aber Sie müssen schnell nachdenken. Es wird mir nicht möglich sein, meine Rolle in diesem kleinen Drama zu spielen, wenn die Polizei mich erwischt.«

Doc starrte mich an, ohne ein Wort zu sagen, und ich sah, wie seine Augen hinter den dicken Brillengläsern schimmerten. Ich nickte Hardesty zu.

»Also gut«, sagte ich. »Wie sieht's aus? Leg' ich ihn um, und Sie lassen mich laufen, oder tun Sie's, und ich werde gefaßt?«

»Pat!« Madeline schrie auf. »Tu's nicht –«

Aber Hardesty hatte schon die Hand aus der Tasche gezogen. »Sie tun's«, sagte er und warf mir eine kurzläufige Automatic zu. »Sie tun's und machen sich aus dem Staub.«

Ich fing die Pistole auf und winkte ihnen damit zu.

»Also gut«, sagte ich. »Aufstehen, alle drei.«

»Pat«, sagte Hardesty. »Sie –«

»Aufstehn«, sagte ich und zerrte ihn hoch.

Ich ließ sie in einer Reihe antreten und durchsuchte sie. Ich schob Madeline etwas beiseite und schaute zu Doc und Hardesty.

»Jetzt«, sagte ich, »werde ich mal die Polizei anrufen.«

»Die Polizei!« sagten alle drei gleichzeitig.

»Ich weiß«, sagte ich. »Die werden mir nicht glauben. Vermutlich nicht. Aber versuchen muß ich es.«

»Aber was bringt Ihnen das ein!« Hardestys Gesicht war totenbleich. »Sie können sich davonmachen, Pat! Wir werden – ich werde dafür sorgen, daß Sie jede Menge Geld haben, um –«

»Ich glaube nicht«, sagte ich. »Man kann nicht vor sich selber davonlaufen.«

»Sie reden in Rätseln«, blaffte Doc. »Sie versteifen sich auf den Dreh mit den Versicherungen. Ich hab' den Saustall in der Verwaltung ausgeräumt. Betrachten Sie's doch mal so rum, und –«

»Sicher«, sagte Hardesty. »Seien Sie doch vernünftig, Pat. Irgendwie sind wir wohl alle heute mit dem falschen Fuß zuerst aufgestanden, aber es ist noch nicht zu spät, um die Dinge wieder hinzubiegen ... Doc, warum geben wir uns nicht alle die Hand und –«

»Warum nicht«, sagte Doc herzlich, und seine Hand schoß vor.

Sie schloß sich um mein Handgelenk. Er zerrte mit all seinem Gewicht, und Hardesty holte zu einem Schlag aus. Ich mußte wieder lachen. Es war einfach zu leicht. Ich hatte keinen Grund, wirklich grob zu werden, sie wenigstens einmal so zu bestrafen, wie sie es verdient hatten.

Ich wich ein paar von Hardestys Windmühlenschlägen aus, damit ihm ein bißchen die Puste ausging. Dann verpaßte ich ihm einen Aufwärtshaken mit der flachen Hand, der ihm den Boden unter den Füßen wegzog, und er flog rückwärts und landete krachend an der Wand.

Doc machte sich noch immer an der Hand zu schaffen, in der ich die Pistole hielt. Ich riß sie plötzlich nach unten und dann wieder hoch, und er landete neben Hardesty an der Wand.

Da lagen sie nun, alle viere von sich gestreckt, und schauten mich benommen an.

Ich sah Madeline an, und sie lächelte mir glücklich und freudestrahlend zu. Und bevor ich dazu kam, darüber nachzudenken, ob ich vielleicht doch recht gehabt hatte, ob vielleicht dieses eine Mal etwas gut laufen würde ... ging die Schlafzimmertür mit einem Krachen auf.

Myrtle Briscoe kam herein ... Myrtle und zwei Staatspolizisten. Myrtle blies in ihre Pfeife, und zwei weitere Polizisten kamen durch die Tür zum Flur hereingestürzt.

Sie machte eine Handbewegung, und die Polizisten ergriffen Doc und Hardesty. Auf eine Bewegung ihres Kopfes hin machten sie sich mit den beiden auf den Weg zur Tür. Das alles geschah in Sekundenbruchteilen, es ging so schnell, daß Doc und Hardesty nicht einmal Zeit hatten, sich zu wundern. Sie gingen ohne ein Wort zur Tür hinaus. Sie trotteten einfach mit den Polizisten mit. Myrtle klopfte Madeline auf die Schulter.

»Unsere Freundin hier war schneller als Sie mit Ihrem Tip, Red.« Sie grinste. »War 'ne ziemlich üble halbe Stunde für Sie, oder?«

»Ich – ähm – ja, Ma'am«, sagte ich.

»Na ja, Sie wollten's ja so haben. Sie hat doch versucht, Sie dazu zu bringen, daß Sie zu mir kommen? Ich hab's auch versucht, oder nicht?«

»Ja, Ma'am.«

»Also gut«, sagte sie und besah mich von oben bis unten, »die kleine Rauferei eben scheint Ihnen ja nicht besonders geschadet zu haben. Ich hatte Angst, daß es eine Schießerei gibt, wenn ich reingeplatzt wäre. Und ich wollte nicht, daß Sie erschossen werden, bevor ich Ihre Begnadigung durchgesetzt habe.«

»Nein, Ma'am – *was?*« sagte ich.

»Warum nicht?« sagte Myrtle Briscoe. »Ich denke, der Gouverneur wird so ungefähr alles unterschreiben, was ich ihm vorlege.«

Und dann stampfte sie zur Tür hinaus und schlug sie hinter sich zu. Und Madeline lag in meinen Armen.

30

Das ist so ungefähr alles, glaube ich.

Ich wurde begnadigt. Ich bekam eine Anstellung, die ich immer noch habe – als Inspektor bei der Strafvollzugsbehörde. Madeline hat sich scheiden lassen, und wir haben geheiratet.

Doc bekam neunundneunzig Jahre für den Mord an Eggleston, plus weitere dreißig Jahre, die er danach abzusitzen hat, wegen Bestechung und versuchten Versicherungsbetrugs. Hardesty bekam alles in allem vierzig Jahre.

Das ist eine ziemliche Menge »Bekams«, und es gibt noch einige mehr wegen Burkman und Flanders und dem Rest von Docs alter Gang. Aber damit will ich mich nicht abgeben. Ich sage nur, daß Doc dort draußen in Sandstone keinen Mangel an Freunden haben wird, wenn man es so nennen kann.

Lila . . .

Nun, Lila hat ganz gut für sich selbst gesorgt.

Sie hat ihre Lebensgeschichte, von jemand anderem geschrieben – natürlich –, an einen Zeitungsverlag verkauft. Damit hat sie einen hübschen Batzen Geld gemacht und einigen Wirbel verursacht, der sich als sehr nützlich für sie erwiesen hat. Als ich – Madeline und ich – sie zum letzten Mal sahen, war sie auf dem Weg nach Hollywood, mit einem Vertrag für einen B-Film in der Tasche.

Sie kam vorbei, um sich von uns zu verabschieden, bevor sie abreiste. Nachher merkte ich, daß Madeline mich nachdenklich betrachtete.

»Ich frage mich«, sagte sie, »ich frage mich, was sich zwischen dir und dieser Dame wohl abgespielt hat.«

»Was sich abgespielt hat?« sagte ich. »Du glaubst doch hoffentlich nicht, daß ich ... daß ich *das* tun würde, Mrs. Cosgrove!«

»Aha. Ich könnte wetten, daß nicht.«

»Nun«, sagte ich, »ich weiß nicht, was ich sagen könnte, um dich zu überzeugen ...«

»Und du weißt auch nicht, was du vielleicht tun könntest?«

»Um ehrlich zu sein«, sagte ich, »ich glaube schon. Du hast mich da auf eine Idee gebracht.«

Es war keine so neue Idee. Aber es stellte sich heraus, daß es eine sehr, sehr gute Idee war. Jedenfalls gut genug, damit Madeline nicht mehr an Lila dachte.

Gut genug, punktum.

Jim Thompson

Bad Boy

Eine amerikanische Jugend

Ullstein Buch 36539

Der amerikanische Krimi- und Drehbuchautor Jim Thompson erzählt hier von seiner Jugend in der texanischen Provinz. Zerrüttete Familienverhältnisse, Glücksspiel, Alkoholismus und schließlich Kriminalität – der Autor gerät in die Fahndung des FBI, als er für Al Capone illegal Alkohol in einem Hotel verkauft – waren jene grundlegenden Erfahrungen, die Thompson als junger Mann machte. Und die er später auf so beeindruckende Weise in seinen knallharten Actionromanen – »Der Mörder in mir«, »Getaway« oder »Ein süßes Kind« – zu Literatur verarbeitete. »Bad Boy« ist eine Entdeckung – keineswegs nur für eingeschworene Jim Thompson-Fans.

populäre Kultur

Ullstein Krimis

»Bestechen durch ihre Vielfalt«
(Westfälische Rundschau)

Caroline Graham
Der Neid eines Fremden (10526)

Dick Francis
Die ganze Palette des Todes (10527)

John P. Marquand
Guter Rat, Mr. Moto (10528)

Dick Francis
Festgenagelt (10529)

David Williams
Treasure schöpft Verdacht (10530)

William G. Tapply
Fehlfarben (10531)

Jim Thompson
Texas an der Kehle (10532)

D. McNutt Douglass
Sabas Schatz (10534)

John Ball
Singapur (10535)

Tom Jeier
Champ (10536)

James Melville
Vorsicht, Fremder (10537)

Ted Allbeury
Der Judas-Faktor (10538)

.38 Special 4
Ein Kriminalmagazin (10540)

Robert B. Parker
Bleiche Schatten im Schnee (10541)

Thomas Boyle
Die Toten von Brooklyn (10542)

David Williams
Bluthochzeit für Treasure (10543)

Rick Boyer
Die Daisy Ducks (10544)

Ed McBain
Die zehn Gesichter der Annie Boone (10545)

John P. Marquand
Kein Mitleid, Mr. Moto (10546)

David Wiltse
Schmutzige Heimat (10547)

Thomas Maxwell
Kiss Me Once (10548)

Jim Thompson
Das Abtöten (10549)

James A. Howard
Generalprobe für Mord (10550)

Horace McCoy
Nur Pferden gibt man den Gnadenschuß (10551)

Ed McBain
Reines Gift (10554)

Angus Ross
Die Manchester-Connection (10555)

Jim Thompson
Rückschlag (10556)

.38 Special 5
Ein Kriminalmagazin (10557)

Willi Voss
Tränen schützen nicht vor Mord/Frost im Blut (10558)

ein Ullstein Buch